小鬼靈精

魔力黃金果

王力芹 著

總序／小鬼靈精・魔神仔

小時候，我的床邊故事來自爸爸口中，爸爸信手拈來就是一則則故事，包含了虎姑婆、包拯夜審烏盆、周成過臺灣……等等。臨睡前爸爸總把故事說得繪聲繪影，我每每都感覺自己就在每一則故事情境裡，寒毛直豎的同時，彷彿背後正悄悄貼近了小鬼、精靈或魔神仔。

我家姊妹眾多，童年時候玩起覕相揣（捉迷藏），在日式住宅的榻榻米房間穿梭，為免被當鬼的那人捉到，都是盡自己所能的不發出一丁點聲音，但在躡手躡腳躲藏過程中，往往又會很不小心的撞見了媽媽，那個當下，媽媽因為被我們這幾個玩性正濃的小鬼驚嚇到，本能的就出口叨唸我們：「恁魔神仔啊，毋出聲，欲驚死人矣。」（你們魔神仔啊，不出聲，要嚇死人啊！）

我們幾個被叨念的魔神仔，大多時候是吐吐舌尷尬笑笑，很快就飄出媽媽的視

線，繼續躲在押入（壁櫥作用）、俯趴在和式桌底下，避免被數完數轉身要抓人的鬼發現。有時來不及隱身到大型家具後側，還會異想天開的緊貼著牆角的邊緣，以為這樣就可以和牆面貼合一起，真成了幽靈界的一員。

魔神仔於是成了小時候家裡的一個特殊有趣語彙，童年的我絲毫不清楚魔神仔的真實意義，以為是我們垂髫姊妹的同義詞。直到另一個語詞「揖壁鬼」又進入我們家庭，而我也增加了年歲，明瞭了魔神仔和揖壁鬼都是代表已經死亡，不具形體，只有靈識的物類。可我們在家裡彼此說著魔神仔、揖壁鬼，總是趣味橫生、笑聲迭起，絲毫不覺得恐怖陰森，也不會感到害怕。

爸爸不是說唱藝術者，可故事說得可生動了，幼時雖在驚惶中蜷縮小小身軀聽著故事，但也因此在聽故事當中學得鎮定並種下善念。不同於爸爸以故事啟迪子女心性的作法，媽媽最常口述她經歷二次世界大戰期間，躲空襲的過程裡親見鬼魂的種種，媽媽言之鑿鑿之際，我等姊弟冷不防就覺得似乎真有魔神仔貼在身後，然後慌慌張張、尖聲驚叫時而有之，爸爸總是笑看我們這幾個失序小鬼。媽媽則是諄諄告誡，首先自己內在得有堅強意志，其次對鬼魂不小覷不戲謔不要作弄，真遇上了就莫驚莫慌莫害怕，甚且可鼓足勇氣直面喝斥，那精怪那靈魂那魔神自是不敵豐足人氣正念，必會收攝斂住，也就不敢捉弄戲謔我們了。

童年的記憶既真實又深刻，爸爸雖會表明他說的是故事，但故事聽多聽久，也成了生活事。而媽媽的生活事聽著雖如故事，也因為聽久聽多了那慷慨激昂語調，想當然耳的當成故事情節欣賞，並以之自我抵勵。

而我，經歷了少年青年壯年，再到後中年，多年來對於鬼靈寧信其有，人鬼平行世界共存，兩方和平共處，在各自生存的時間流動，各自安身空間裡生存，相安無事、相互尊重、彼此祝福，不也很好嗎？

時光流轉歲月轉次，我的爸媽都已仙逝，但我總感覺他們的靈仍在、魂仍在，或許是在子孫輩無法觸及的時空，又或許他們已輾轉再入人間，成了後輩新生的某一員，這樣的輪迴牽連，我深信存在的。

如此的靈我相處，可以是一樁美事，何必冠以妖異鬼怪？

數百年來，在臺灣島上定居的人們，無論是哪一個年代從哪一個地方遷徙而來，來到這座四周環海，島上有起伏連綿高山、深邃茂密森林、或大或小湖泊，隱藏了許多人們所不知的地理與水文。落地生根的住民需要面對的自然與環境的挑戰在所難免，颱風、水患、山崩、地裂等考驗不時翻滾而來，狂風暴雨走山地震種種自然魔手，夾帶著鬼哭神嚎妖喊怪叫，一再煎熬著失神無助的人們心靈，於是自然而然衍生出一套自我解釋的說法，一種自我撫慰的作法，一份自我安定的力量，方能在且驚且顫且凝神中繼續生活。

因此，沉潛於山於海於湖的恐怖傳說，或妖或鬼或怪的隨行生活，甚至人命歸陰後流連徘徊的說法不脛而走。隨著時光流轉，因著島內各族群的天性與不同的文化底蘊，總有一則又一則內容豐富，形貌各異的精靈鬼怪口傳故事，經由一代一代的口述轉傳，逐漸與臺灣本島多樣的地形地貌及在地文化緊密結合，如此而演繹再演繹了妖鬼奇譚，增添了幾許玄奇神妙。

近幾年來，臺灣文學界湧動了一股探奇搜妖風潮，妖怪文學逐漸有了一席之地，從學術從創作從動漫等各個角度切入，遂不難發現無論是妖是怪是鬼，自來便都在島嶼的某一個時空靈動著，否則怎有老者無故走失若干日子，被找到時回應恍惚間走入不熟悉之地，或飲山泉或食野菜或聽指引而安然，人人皆說是被魔神仔引著，去經歷了一趟常人難以理解的怪奇之旅。除了魔神仔的繪聲繪影，亡靈託夢之說亦常被提起，夢示之靈驗常令人嘖嘖稱奇，此間靈異玄妙若不是精魂的觸動連結，又如何說得清呢？

對於妖對於怪我恭敬承讓，但對於鬼對於靈，我則喜歡小鬼孩善精靈，生活中偶也有難以言說的奇特經驗，更加深我喜愛小鬼靈精。曾經路上走著，迎面而來娃娃推車裡的小娃娃，不停的對我擠眉弄眼，好似我們曾在過去哪一世便相交了；又有餐館裡用餐，鄰座約一歲左右的小孩，不時拉我一下，再喃喃說著幾句，彷彿前生裡我們便相識。這樣的經歷多了，對於彼此深緣的說法更深信不疑。

宋朝文豪蘇軾為唐朝李源和圓澤法師寫了一篇傳記，其中有一首詩是：

三生石上舊精魂，賞月吟風不要論；
慚愧情人遠相訪，此身雖異性長存。

三生指的是前世、今生和來生，相逢的機遇雖難得，但還是有可能相聚一起。雖然我生活在魔幻鯤島，數十年來聽過的鬼怪傳說，讀過的妖怪文學作品，看過的靈異電影，不在少數，但我始終相信一念善，能引發蝴蝶效應，能將善的種子播在人界靈界鬼魂界，好讓惡靈惡念無所遁逃。

小孩都愛聽故事，現在我會說故事給小孫女聽，我要讓小孫女聽故事聽到哈哈笑，我仍然會說虎姑婆的故事，但我說Q版唱Q版的虎姑婆，我還要說小鬼靈精和魔神仔的故事，不世出的，您也來看看吧！

目次

下卷　寶貝黃

前言　前世今生

相信輪迴的人，便相信前世今生。

生命在各種因緣裡開花結果，眾緣合和，有緣便會以另一個身分再次相見。

羅頌昌的前生是范慈倩的弟弟，范小弟弟必定也還有他的前生、前前生，只是過去的事如果沒必要，就免除耗費心神去探究。倒是他以羅頌昌的身形和范慈倩在人世裡再次相遇，反而比有血緣關係的手足時，相處時間更多，且品質更好，這便是因緣的奇妙處。

所以，一期一會，好會好聚。

羅軒疆自從在牛老大店裡的神奇牛肉麵裡見到小時候的自己，一時情緒激動，涕泗縱橫哭得淅瀝嘩啦，家裡其他成員都被他的反應給震懾了，一個個張口結舌說不出話來，倒是躲在桌子下的大頭精靈突然間靈光閃現，想起了久遠以前的事。

看到羅軒疆哭得鼻涕都流到嘴唇上方，他下意識伸出舌頭舔兩下的動作，召喚起大頭精靈沉睡的記憶，原來羅頌昌這小娃的老爸是他上一世剛剛掛掉，剛成為新鮮魔神仔時的人道麻吉。

但感情再深厚，彼此有再多相依，依舊是有結束時候，友誼的終點早早等在前方。

「阿疆，我就要去投胎了，不能再和你玩，嗚嗚……」

「你不要走啦！嗚嗚……」小羅軒疆哭得一把鼻涕一把眼淚，「不然，我和你一起去投胎好了。」

「你神經啊！你陽壽還長得很，我是時候到了，不去投胎，就要在靈界飄泊不停。」

「可是……你走了……我要跟誰玩……嗚嗚……」

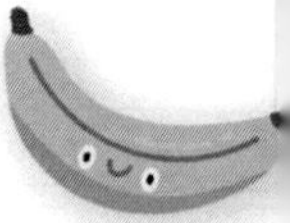

上卷　副食品

小昌昌進入副食品階段後，當媽的何碧蘭比照之前兩個女兒的作法，每天挖空心思變換新花樣。番薯泥、南瓜泥、蛋黃泥等輪流餵食，何碧蘭發現小昌昌特別奇怪，紅心番薯、芋頭番薯總一副愛吃不吃的神態，有時還兩隻手齊來的拍掉媽媽手上的湯匙，但若是黃金地瓜搗爛的薯泥，他就一口接一口，餵慢一些他還會哼哼啊啊的直催著。

經過多次發現，小昌昌只要看見黃色系列的食物，一雙眼睛便瞪成牛鈴那般大，而且急吼吼的非得馬上立刻，就能把他眼前黃澄澄食物吃進嘴裡，番薯泥是這樣，香蕉也不遑多讓，酪梨、南瓜、玉米筍、玉米濃湯皆然。

看得羅莉和羅蔓兩位姊姊嘖嘖稱奇。

「妳說小昌昌這小鬼是不是色鬼啊？怎麼這麼愛黃色食物？」羅蔓對羅莉說。

「嗯，好像是喔，妳不說我都沒特別聯想到呢！」

一　大頭精靈之無奈

大頭精靈在神奇牛肉麵店，無意間發現羅軒疆是祂前一期魔神仔精靈時的人間玩伴後，喜出望外，這是久旱逢甘霖、他鄉遇故知的喜樂，於是開始尋找機會，想讓羅軒疆想起祂這個非人類玩伴。

這之後只要羅軒疆在家，大頭精靈便伺機貼近他，甚至緊緊黏在他身上，一會兒趴在羅軒疆背上，像個耍賴愛人揹的小娃娃；一會兒從羅軒疆的頭頂滑到腳下，像玩自由落體；一會兒又是拉著他的手前後晃個不停，像盪著鞦韆。偏偏早過了不惑年紀，行將知天命的羅軒疆，已完全不具對靈體敏感的神經，對大頭精靈所熱衷的一切毫無所感。

「阿疆，我們來玩這個……」

「啥……」穿著開檔褲推著公雞學步推車直往前來的阿疆，力道一個沒控制好，整個人連公雞學步推車就直直撞上門板，幸好前不久剛飄到這個家的魔神仔飄得快，早飄到門板前面為阿疆做了一道軟墊，阿疆這才沒撞成頭上一個包的哇哇哭。

這是黃昏時刻，阿爸和阿母去菜園巡視，看看哪些瓜果蔬菜明天一早可以摘去賣。大姊和二姊合作正在灶腳起火洗米洗菜，小六和小四的年紀被父母要求負責炊煮一家人的晚餐，而剛上小一的老三則被交代要好好照顧阿疆，可是一個活潑好動的小男生，總是阿爸和阿母前腳剛走，他後腳就跟出門，臨出門前還給阿疆來一番耳提面命。

「阿疆，阿兄去和隔壁阿發仔搧紙牌，贏較濟紙牌仔予汝，汝愛乖，毋通亂走喔！」

大頭精靈一旁聽著，實在很想回阿疆阿兄，他說那什麼痟話，還是軟腳蹄的阿疆最好會亂跑，是他自己愛亂跑吧！

反正才一歲的阿疆根本聽不懂這些複雜的人間語言，頂多是啊啊啊個不停，他阿兄就當成他回應了，轉身猴子一般蹦跳出門了。

實在是剛才撞到門板那一聲夠大，把灶腳的二姊引來，二姊剛現身大廳時正是阿疆自行回轉之際，二姊也沒看見方才他撞上門板那一幕，只是自顧自地叮嚀阿疆。

「阿疆你要小心喔，不要推太快，不然會撞到桌子、椅子和門，就會痛痛喔！」進入小學已經四年了，很習慣就說出國語。

阿疆咧著嘴流著口水嘿嘿回應，二姊一看頓覺可愛，無限愛憐的伸手抹去阿疆嘴角那一口唾沫，又很順手的在自己短褲上抹擦，臨進灶腳前再來一次叮嚀：「阿疆愛乖乖，不要推太快喔！」

儘管阿疆不像他阿兄那麼活骨，並且還有大頭精靈一旁默默照看，但也總有出人意料的狀況發生。遠的不說，就說半個月前發生的那件事，阿疆摸索著扶著家裡牆壁走路，三歲多的二哥一看見便上前拉著阿疆的手說：「阿疆來，二兄牽汝行。」

不牽還好，這一牽，因為力道、因為方向、因為技巧，反變成把阿疆拉扯到地上，瞬間阿爸、阿母爭先上前，一個拉老四一個抱阿疆，原是在房裡的三個孩子，也齊齊現身大廳，分別流露出不解與心疼，看著嚎啕大哭的阿疆。

「汝牽伊欲做啥？」阿母一巴掌打在老四手臂，再抱起哭成花臉的阿疆。

這時屋裡彷彿演奏了嚎啕二重奏，有了兩個聲部的哭嚎。

「阿康啊，阿疆才學行爾爾，予伊家己行，免共伊牽，知否？」阿爸把老四拉到自己跟前委婉說道，再用手掌一把抹去老四臉上縱橫淚水。

這些往事是兩度遇上羅軒疆的大頭精靈，兀自翻飛起前前生的記憶，羅軒疆畢竟人生歷練已經四十幾年，轉眼就要邁入半百，半世紀在娑婆世界裡沾染了各種習氣，童稚時期的靈動早已蕩然無存。若他有想起什麼關於小時候的事，無非就是跟屁蟲一般的跟隨二哥東奔西跑，再不就是隨阿爸、阿母去菜市場工作，看著那些自眼前流動而過的人潮，他記得阿爸、阿母說過，有人潮就有錢潮，上市場買菜的人越多越好，上菜攤來買菜買越多越好。小時候他不喜歡阿爸、阿母這麼忙，忙得沒時間回頭看他這個窩在推車裡的兒子，長大一點的他想起這事時曾跟阿母抱怨：

「彼時遐濟人來買菜，阿母攏無閒共我講話。」

「有人來買菜上好，無閒才好，有錢趁怎毋好？」阿母的回應，阿疆不滿意，他接著說：「人彼陣想欲阿母陪我。」

「你欲笑死人喔，咱母仔囝有啥通陪，閣再講我就佇頭前賣菜，也無離開菜市。」

阿母的回答羅軒疆真無語，他阿母的世代所看重的與他完全相異，這可說是價值觀的不同吧！

所有大頭精靈輪番上場的把戲，都引不起羅軒疆一絲絲觸動，甚至無所感的全神在他正面對的家人與家事。

「唉，這個阿疆竟然把我忘光光，想當年他小的時候，我陪他玩、逗他笑、保護他安全，他竟然一絲絲都不記得了。」大頭精靈陷入極度鬱卒。

「欸，大頭仔，你可別罹患魔神仔憂鬱症喔。」小個幽靈稍帶譏諷語氣說：「拜託你啦，大頭仔，你應該高興和羅家爸爸有緣，能夠先後兩次遇見他，這是別的魔神仔沒能有的福分。就算他不記得了又怎樣，是你，看到他，能夠想起以前那些美好的靈動，就是一件很美的事了，不是嗎？不要老是想著他不記得你了，人鬼殊途這個道理，難道你不明白？」

「我當然知道如今和阿疆不同道，但我就是懷念他小時候，我的前一段幽靈歲月嘛！」

有緣相聚又何必常相欺，到無緣時分離，又何必常相憶，我心裡有的只是一個你，你心裡沒有我，又何必在一起……

小個幽靈悠悠哼著一首祂記憶深刻的歌。

「你唱什麼？」

「你不知道嗎？你的阿疆少年時候流行的歌〈奈何〉。」

「奈何？」

「對，很多事都是這樣，人類是這樣，我們鬼靈不也是這樣？」

小個幽靈之說讓大頭精靈聯想到人類常常唉聲嘆氣，徒呼無可奈何，人的世界裡多的是人類無法掌握的事，相對的，在祂們這個不具形體只有靈識的世界裡，也不乏難以稱心如意的時候。

「對，奈何。」小個幽靈進一步開導大頭精靈，「你要知道，就是他心裡沒有了你，他才能在人間好好生活，他要是還記著你，天天只顧和你互動，他怎麼經營他的家？是不是？是不是？他有他的人間角色要好好扮演，他專心扮演好他羅家爸爸這個角色才是正道啊。」

見大頭精靈沒反應，小個幽靈繼續曉以大義：「而且你要想喔，你和羅家爸爸的緣分和其他幽靈比起來都要好，你可以兩回遇上同一個人，而且這個人還是讓你留有好印象的人，比起來其他幽靈朋友怎會有這樣好的福氣，我也沒有。」

小個幽靈這一番話雖非醍醐灌頂，但也實實讓大頭精靈心頭暖呼呼的了。總算稍微解開一直以來鬱鬱寡歡的心情，轉個念，想到人與人、精靈與精靈，都因為緣分相聚，緣起緣滅，有緣時快樂相聚，無緣時彼此瀟灑揮手再見。何況自己真的如同小個幽靈說的無比幸運，竟然可以兩度出現在羅軒疆的生活裡，相較於其他靈界朋友，這情況是絕無僅有。現在祂和羅軒疆是一人一魔神仔的不同道，而祂被羅軒疆忘了，也是再正常不過了。

只是轉念又一想，自己到底是怎樣了，怎麼前一次靈識投胎轉世之後，沒過多少年就又經歷一次陽壽耗盡的命運，人家羅軒疆都還在他的這一世。

畢竟是同在幽冥界，大頭精靈的靈識很快被小個幽靈識破，靠上前來為大頭精靈點出關鍵所在。

「之前你投胎轉世後必定做了一些傷天害理的事，折了不少陽壽，所以才會短短時間裡就又淪落到幽靈界來。」

「……」大頭精靈三緘其口，倒是許多往事瞬間跑馬燈一般翻轉再翻轉，生活中總是有很多無可奈何之事。

「頭家，這什麼魚？」

「大頭鰱，可以來個一魚三吃喔」

「那就撈一尾小一點的，我們人不多。」

「好……這一尾好不好？」

客人選定了魚，店主用魚網撈起，蹲下地拿起一旁刀子，以刀背用力一拍，拍在魚頭，魚就這樣昏死過去。

「唉唷，阿彌陀佛喔，就這樣把魚拍死。」

「這樣活生生的魚肉才好吃啊！」

「我們一定要吃活魚嗎？」

「是嘛，我上市場都買死魚，一樣有營養。」

「唉呀，妳們不要老土了，來這裡玩，就是要嚐一嚐這裡的活魚多吃啊！」

「踩死你、踩死你……」廚房裡的女孩左右腳輪流踩踏沿著牆緣搬物的螞蟻大隊。

「用水沖牠們……」

廚房一隅另一個女孩發出聲音，同時動作迅速的拉起塑膠水管，牆角那一隊螞蟻雄兵在毫無防備之下，被突如其來的大水澆灌得潰不成軍，蟻屍處處，縱有勉力掙扎的殘餘螞蟻，也是驚惶失措、毫無方向的抱頭鼠竄四處逃去。

一幕幕往事驀地快速跳躍大頭精靈眼前，那些這時看來怵目驚心、殘忍至極的手筆，曾是她活生生的生活片段。當她是小女孩的時候特別貪玩，愛捉弄小昆蟲，長大之後接手家裡活魚多吃的餐飲事業，除了掌管整間餐廳，自己同時也掌廚兼著烹煮事項，每天各種魚類陸續在她手中結束了生命，多年下來不計其數。

若以小個幽靈說法來看，是不是因為這樣，所以前一世陽壽短暫，羅軒疆的一世都還未過完，自己便已經歷了兩次生離死別？

大頭精靈還沉浸在這個思維之中，突然一幕極其鮮明的畫面不知從何而來，倏地跳進靈識。

羅軒疆是小小一年級生，阿爸、阿母叮囑他上小四的二哥阿康上下學路程好生照看，偏偏這個老四阿康忒是鬼靈精怪，上下學途中經常被一些他感興趣的事物吸走了目光，然後像被魔神仔牽引似的一路偏離上下學的路。

反倒是六歲多的阿疆，總牢牢記住第一天上學前已高中畢業的大姊諄諄交代的話：「阿疆，要跟著你二兄跟得緊緊的喔，路上不要東張西望，不要跟丟了喔，跟丟了你就不知道學校在哪裡，就沒辦法去學校讀書，知道嗎？」

幾年來阿疆看著大姊、二姊和大哥努力讀書的情形，早在心裡暗自決定也要好好用功，所以他是無論如何都不能讓二哥離開他的視線；他不能不知道學校在哪裡；他不能讓沒辦法讀書這樣的情況發生。所以第一天上學他是緊緊拉著二哥的書包，因為他拉得死緊，彷彿拴住牛犢的牛軛，總讓阿康無法掙脫，當然也就無法為所欲為了。

有一回阿康為了追看路邊互咬的狗群，拔腿狂奔的力道太大，也就把阿疆狠甩在地上，路人此起彼落的「囡仔，你小弟摔倒了」「唉唷，這個哥哥是在狂什麼？對弟弟不管不顧。」「夭壽喔，這個小的摔得膝蓋流血了。」「那個做哥哥的，還不趕快回來把弟弟牽起來，趕快去學校健康中心擦藥。」

若不是那些一聲高過一聲的撻伐聲浪，從四面八方灌進阿康耳朵，產生了一點點阻力扣住他的一雙腳，否則他早就鞋底如安上風火輪般的風馳電掣去了。其實阿疆摔傷流血事小，阿康比較擔心的是，他如果沒有當下踩住剎車，還一路追看打架互咬的流浪狗，很快風聲傳到市場裡阿爸和阿母耳裡，晚上的竹筍炒肉絲便是以他的身體當鍋具了。

也是那一天，放學路上阿康對阿疆發了很大的火。

「我跟你說，從現在開始走在路上你不可以抓著我的書包，你要是因為抓著我的書包而摔得頭破血流，那是你自作自受，自己造成的跟我毫不相干，我可不管你喔！」

一是阿康那怒目狠瞪的表情嚇到了阿疆，一是阿疆還是小孩，當然會怕摔、怕痛、怕流血，從此阿疆不拉二哥的書包，可是不拉二哥的書包，二哥常常不預警就颳起一陣風，風似的四處亂竄。後來，他只好練就目不轉睛直盯著他二哥，二哥身影飄到哪裡，他的眼神必定跟到哪裡。但眼神終究趕不上阿康這陣風，阿疆曾經眼睜睜的看著他二哥身影越飄越遠、越遠越小，小到快看不見。阿疆一著急，原地放聲大哭了起來，哭聲之大直衝雲霄，震懾了四面八方路過的人，不少人圍靠著他，問他發生了何事，抽抽噎噎問他述說跟著二哥上學，二哥不知追什麼的丟下他直往前跑，這時有人大肆批評他那不負責任，對弟弟不聞不問的二哥，可也有人說了：「那你就追上去啊，你在這裡哭死了他也聽不見，沒有用的。」這句話有著超強推動力，那之後為了追趕二哥，只要阿康前腳一動，阿疆後腳也跟著提起，然後加足馬力的狂追，漸漸的阿疆也變成善跑一族，中年級下學期學校運動會還代表班級出賽，更拿到了名次。

但有的時候事情的發生並非循一定模式，總有超乎想像的情況。

有一回放學途中阿康被圳溝裡戲水的魚吸引了去，整個人埋進圳溝，只為那此起彼落不停跳躍的小魚兒，那情狀真的吸引人，阿疆也跟著被吸引，還看得一下子咧嘴傻笑，一下子拍手叫絕，一下子又似助陣一般的為魚兒加油打氣。兩兄弟都看得入神之際，阿康完全沒留神大雨過後上游狂奔而下的水，是善於眼觀四面，耳聽八方的阿疆，聽到遠處傳來不尋常的水聲，這一抬眼看見從山腳下一路奔馳而來的水瀑，那速度之快彷彿其後有千軍萬馬追著，態勢之危險容不得再躑躅再猶豫，阿疆情急之下沒命地大喊：「二兄，水來了，水來了。」

貪看貪玩的阿康完全沉浸在自己的世界，阿疆的呼喊不過是馬耳東風，他置若罔聞。若不是一位騎機車正巧路過的阿伯聽見阿疆的喊叫，也看見了那萬分驚險畫面，趕緊機車熄了火，跳下機車不容分說的一個箭步衝到圳溝旁，一把拉起半身埋在圳溝裡的阿康，也順手把阿疆往後撥開，就那十萬火急的瞬間自上游沖來的大水，正急速地從他們三人眼前呼嘯而過。

「囡仔，不要這麼貪玩，今天如果不是你弟弟大喊救了你，你喔，早就被水沖到下游，沒命啦！」

路人阿伯這麼說的同時，阿疆眼睛直勾勾的看著阿伯，明明他和二哥都是阿伯救下的，阿伯怎麼跟二哥說是他救的？而且阿伯也救了他，剛才從上游狂奔下來的水衝撞圳溝邊緣帶起的水花，是有可能把他順帶捲進圳溝。想想真是可怕，一個不當心命就沒了。

衣領還在路人阿伯手裡的阿康，看著眼前圳溝裡大水呼嘯而去，拍岸濺起的水花噴濺得他們三人滿臉滿身，溼漉漉的他這時才感到後怕。

阿疆讓阿康避開危險的事不只這一樁，林林總總多到數不清，可是阿康還老是揶揄阿疆是他的背後靈。

「汝魔神仔喔，老是貼在我背後，閃遠一點啦！」

無論阿康怎麼嫌棄阿疆，阿疆始終亦步亦趨，阿康一直到就讀鎮上國中，才擺脫了有人隨伺左右的命運。對於阿疆來說，小學四年級之後的他真是費了好長一段時間，去適應沒有二哥可以跟隨的日子。

大頭精靈晃晃腦一想，不對啊，自己在阿疆三歲多的時候，被註生娘娘派員來催著拉著上路投胎，阿疆四歲之後的生活自己完全沒參與，剛剛那一幕阿疆已是小小一年級的學生，早不知投胎到何處的自己，怎可能躬逢其盛？

這是怎麼一回事？誰讓我看到這畫面？大頭精靈貼著牆前思後想，一點一滴的抽絲剝繭。

終於，祂想起來了。

記得自己在被推拉著走上投胎之路時，和阿疆臨別依依，即將四歲的阿疆還嫩得很，沒有過多分別焦慮，充其量只是捨不得將要失去會跳動的斗笠小魔神，反倒是祂這隻鬼萬般不捨。就是那時天外飄來一縷煙塵，一個特別愛吹愛翻愛滾的新小鬼來了，好像專程為接替任務而來似的，一來很自然就跟著阿疆踅到他阿爸和阿母身旁。大頭精靈實在捨不得阿疆，三步一回頭的把握最短時間，把阿疆生活作息的一些細節，和他感興趣的事物，以及該留心注意的事鉅細靡遺地一一告訴了吹翻滾小魔神仔，重複數次的說解，說到吹翻滾小魔神仔不耐煩地吐嘈祂。

「你不要再講了，再講我的耳朵都要長繭了。」

「最好你有耳朵啦！」大頭精靈嗤之以鼻，想祂們空有靈識並無身軀的魔神仔，哪來五官、哪來耳朵？

阿疆後來的生活情形，再入人間的大頭精靈並不知悉，主要也是因為自己也投胎成為活生生的人，隨著一天天長大，通靈能力日漸薄弱，想來剛剛拂過的畫面是吹翻滾小魔神仔故意釋放過來的。大頭精靈明白吹翻滾小魔神仔的用意，是要讓祂知道自己已經歷了兩世，而阿疆還在他的這一世裡面，主要是阿疆的念頭裡滿滿是善，善心滿滿的人當然平安順利。

在此同時，大頭精靈的靈識裡也閃過這樣一念：人一生的長短，是立基於自私自利或利益他人而做判定嗎？那麼祂們靈界分子是因著怎樣的靈動，作為投胎轉世的憑藉？

這一想，突然想到，如果方才所浮現的畫面都是吹翻滾小魔神的傑作，那麼祂還是以靈魂之體在人間遊蕩吧！才能夠他心通的感知到祂的煩惱，適時讓祂看見阿疆小時候自己無緣親炙的善良。除了這個想法，大頭精靈還想到了，吹翻滾小魔神如果還是以靈體狀態遊蕩人間，祂是如何做到的？難道祂有方法避開落入輪迴轉世的幽徑？

大頭精靈閃出的這一念，是因為阿疆都四十好幾了，吹翻滾魔神仔還在靈界，沒去投胎，祂到底有何神通？也因起了這樣的念頭，而讓大頭精靈有了一個想法，既然和阿疆這麼投緣，自己連著兩世離開人世，靈識都和阿疆有了連結，那麼以人類的「有一有二就有三」的說法，將來會不會第三度再以魔神仔的樣貌遇上阿疆？到那時阿疆還在他的這一世嗎？而祂大頭精靈難道真的永遠脫離不了輪迴的命運？

二　小個幽靈避投胎

靈魂在靈界中等待投胎的時間各不相同，同時得視個別靈魂來決定轉世投胎的多寡及次數，等待投胎的時間也不是人類的計算方式。有的靈魂可能很快就去投胎，有的靈魂則可能慢悠悠許多年後才再投胎，有的在人世時甚有修為，既行善也布施，除了積下豐厚陰德，也修身修心修意念，早修得不隨境轉，便就有可能不需再投胎入人世。

柯雪碧從小跟著奶奶和媽媽走宮廟，禮拜各路神佛，對於心存善念做善事積陰德這些深信不疑，甚至已到膜拜的地步，每年三月天上聖母（媽祖）華誕，各大小媽祖宮的媽祖婆遶境出巡，她奶奶和媽媽也在追媽祖的行列之中，柯雪碧小學時代就曾經請假跟著去遶境。

柯雪碧由此對「善有善報，惡有惡報」深表贊同，進而對古代的揚善懲惡故事特別感興趣，只要拿到這一類的書籍，便是一頭就栽入。

南北朝時期，北魏末年，一位好學文人李庶，歷經北魏、東魏。到了北齊初年，李庶因著家族威望和出色才能步入仕途，李庶端正儒雅愛好學習，風流而舉止有度，歷任尚書南主客郎、司徒掾，以清晰明辨而聞名。李庶經常代理禮賓司，接待南梁的使者。不少文人喜歡跟他往來，同時佩服讚嘆他的博學。後來李庶出任外職，當了臨漳縣令。

北齊天保二年（西元五五一年），魏收以中書侍郎的身分奉命編修《魏書》，天保五年（西元五五四年）完成。《魏書》撰成後，一經問世，盧斐、李庶、王松年、盧潛都說《魏書》沒有秉筆直書而爭辯，北齊政治圈裡因此掀起一場軒然大波。有說《魏書》「遺其家世職位」，有說「其家不見記載」，也有說《魏書》記事「妄有非毀」。齊文宣帝因此將盧斐、李庶、王松年、盧潛、盧思道等人定罪誹謗史書，甚至囚禁起來剃光頭髮鞭打二百下，發配到製造鎧甲的作坊，盧斐和李庶兩人都死在臨漳縣的監獄。李庶的大哥李岳為李庶深感痛惜，終生再也不去臨漳縣府。

李庶的夫人元氏是元羅之女，李庶死後，因他二人感情甚篤，李岳便讓自己的妻子夜晚陪伴元氏安寢。五年後，元氏再嫁趙起，開始另一頁新生活。元氏婚後有一天，夜裡做了一個夢，夢到了亡夫李庶，在夢中李庶對元氏說：「我的福分淺薄，來世不是男子，明天早晨就會出生在七帝坊十字街南面的一個劉姓人家，劉氏家裡非常貧窮，根本無法養育我。念及我們夫妻舊日恩愛，所以前來相告，明天妳前去劉家請求抱養我吧。」

元氏畢竟是個婦道人家，且是再嫁夫人，在家中沒什麼地位，牽涉到抱養轉世投胎亡夫這樣的大事，她沒辦法做主，當下便沒有答應李庶。李庶明白元氏的處境，見元氏為難，於是說：「看起來，妳是顧慮趙起，沒關係，我自己跟他說。」李庶說罷，隨即托夢給趙起，趙起也做了同樣的夢，被怪夢驚醒後，趙起連忙起身，跟元氏講了所夢之事，元氏一聽，跟自己夢到的一模一樣，於是沒有隱瞞地也說了自己的夢。這一說起來，發現兩人夢境相互吻合，趙起還特別清楚記得李庶所說的劉家所在地點，「劉家在七帝坊十字街南面，向東進入最裡面的巷子就是了。」

對這樣的託夢，趙起元氏二人皆暗自稱奇。李庶畢竟是元氏的亡夫，前因含冤而死，如今又近乎哀求的再三囑託，讓人難以拒絕。於是夫妻二人商量後，第二天清晨便準備好禮品，聯袂親自前往七帝坊尋找劉家。劉家果真一貧如洗，完全沒有撫養孩子的條件，也正愁著如何養育清晨剛生下的女兒。夫妻二人經過與劉家人交涉商討，不但劉家解決了燃眉之急，趙起與元氏也如願領養到劉家的女兒，雙方皆大歡喜。

趙起與元氏抱養了這個李庶投胎轉世的女兒後，一直撫養到她長大成人，並給她找了個好夫婿。

這是幾天以前柯雪碧說給羅莉聽的故事，不久之前柯雪碧也說了宋朝黃庭堅芹菜麵的故事，羅莉因此深深著迷於前生今世的關聯。她常會想，媽媽吃了羅蔓帶回家的范家祭拜范小弟的巧克力，後來幽靈小鬼纏著媽媽生祂，那個幽靈小鬼到底是不是范小弟？如果是，范小弟是前生，現在會爬會坐的小昌昌，不就是范小弟轉世投胎的今生？

柯雪碧和羅莉國小同學了四年，從中年級到高年級都同班，因為彼此住家都在同一學區內，因此國中還是同一個學校，雖然不同班級，但上學期間總在同一個校園裡，想見面隨時都可以跑到各自班級去哈拉扯淡。

上了國中後柯雪碧突然改頭換面，對中國古典故事產生莫大興趣，開始對各種古典詩文傳說生吞活剝，只要拿到相關的書，就整個人都埋進去了。羅莉其實對柯雪碧這樣的轉變也不意外，她從小因為信仰就吸收了不少相關訊息。

漸漸的，柯雪碧吸收古典故事不再是囫圇吞棗，她會詳細了解整起故事的來龍去脈，她轉述這些故事時都會清楚交代出處，絕對做到有憑有據，不讓羅莉和李秀緞等同學感覺是道聽塗說、街談巷議。

關於圓澤和尚投胎轉世的故事，柯雪碧還特別說明是出自宋朝大文學家蘇軾的《僧圓澤傳》：

唐朝忠臣李憕之子李源，在父親死節後，居住在洛陽惠林寺長達五十多年，與住持圓澤交往甚密，二人相約同游四川峨眉山、青城山，李源想要走三峽水路入川，而圓澤希望先到長安再到四川，但是李源決意不去長安，因而二人取水路到南浦。在南浦路上河邊遇到一位懷孕婦人，圓澤嘆氣道自己不想走這條路，就是因為這個原因。

「這位婦人姓王，已經懷孕三年，我本應該成為他的兒子，但是我一直不來，所以她一直沒法生產，今天我來了，就躲不開了。」圓澤說著，並和李源約定三日後自己出世以微笑為憑信，十三年後中秋夜，在杭州城外天竺寺再見面。那日傍晚圓澤圓寂，婦人果真生出孩子，三日後李源去王婦家見了孩子，孩子真的衝著他微笑。十三年後，李源如約來到杭州，遠遠見到一位牧童唱道：「三生石上舊精魂，賞月吟風不要論。慚愧情人遠相訪，此身雖異性長存。」

李源與牧童相認，牧童說他就是圓澤，但是塵緣未了，不能久留，接著再唱道：「身前身後事茫茫，欲話因緣恐斷腸。吳越江山游已遍，卻回煙棹上瞿塘。」唱完就離去了。

羅莉倒是很感謝好友，就因為有柯雪碧的分享，羅莉才知道唐朝惠林寺住持圓澤和尚輪迴轉世的故事，另外也從柯雪碧這裡獲得了和國文課相關的延伸，這些延伸往往比國文老師提供的補充資料還多、還廣、還趣味，羅莉的國文成績因此一直不差，因而對好友更是刮目相看。

「太神奇了，真的會這樣嗎？」李秀緞把頭靠在柯雪碧肩頭大呼一聲。

柯雪碧和羅莉國中同校不同班，但兩人還是莫逆之交、有刎頸情誼，常常利用下課時間「穿走廊走樓梯」相找，她們兩個很有默契，哪節下課誰找誰，好像彼此頭腦裡都裝了雷達，絕對不會出現兩個人在走廊上「強碰」的狀況。

柯雪碧個性開朗，大剌剌的行事風格，很容易與人打成一片，國中入學不出一個學期，因為經常到羅莉班上，也就和羅莉前座的李秀緞熟悉到閨密一般，常常勾肩搭背。後來再因為她常講些歷史故事和玄奇靈異傳說，李秀緞更是著迷到不能自已，只要柯雪碧一到他們教室，她就開始拉著柯雪碧不放。

「今天說什麼故事給我們聽？」

「欸，妳嘛幫幫忙，我是說書人啊？」柯雪碧撥下李秀緞勾在她右臂的手。

「不是啊，妳每次來我們班上都會說故事的啊！」

「哪是？我早上是來跟羅莉借參考書，後來妳搶著把自己的借給我，妳忘了嗎？」

「噢，對喔！」

「妳看妳，大腦要多用，不然會得小人癡呆症。」柯雪碧右手食指點了點李秀緞左太陽穴。

「去妳的啦，妳才得小人癡呆症啦！」李秀緞反射性動作上來，推了柯雪碧一把，因為力道沒控制好，柯雪碧往後跌坐地上，後背撞到右前座的張啟睿桌腳。

「噢，蹬紅龜矣，尻川裂兩爿矣。」張啟睿看好戲的心態引來柯雪碧回嗆：「厚話厚蟲，汝無講話無人會當作汝是啞口啦。」

張啟睿其實還想再說什麼，但看見手腳俐落站起身的柯雪碧目露凶光狠蹬著他，再加上走道上的許豐湧說了句：「人講惹雄惹虎，毋好惹著赤查某。」張啟睿趕緊閉上尊口。只是許豐湧沒想到自己無心一句，反而將風勢都引到自己身上。柯雪碧轉而對許豐湧怒目相向，許豐湧見狀趕緊抿緊嘴巴，右手還做了拉上拉鍊的動作，並且垂下頭表現出一副「俗辣」模樣，光是這樣都讓周圍同學呵呵笑開。

其實柯雪碧剛說完三生石的故事時，羅莉腦中盡是小昌昌還沒出生之前，整天追著媽媽要求生他的畫面，不就是和李秀緞口說的故事有某種程度的吻合？

看起來家人眷屬往生後，是有可能再投胎轉世出生同一個家庭，或是托生他處，因緣合和成為他人的家人，諸如此類記載，從古到今，比比皆是。曾經是夫妻，一個轉身，成了母女，雖然悲淒，但也甜蜜。

對於托夢托生的故事羅莉因而大感興趣，但對於平行的精靈世界，卻是一無所知。就他們住家這棟三樓透天厝，因為小昌昌的出生，所引來的兩個小昌昌出生前的靈界朋友：小個幽靈和大頭精靈，她完全感受不到祂們的存在，更遑論最近一段時間，大頭精靈和小個幽靈的苦惱。

眼看著羅頌昌一天天長大，再看到大頭精靈與羅軒疆的見面不相識，小個幽靈有時也會沒來由的擔心，擔心羅頌昌一天天長大，人間歷練更多了之後，必然記住的都會是他此刻所面對的世界裡的種種。他剛剛投胎時前一世靈識尚在的種種，也將會像燃燒到最後的蠟燭那樣，油盡燈枯，最後連一點點微光也沒有，那時將也是祂小個幽靈被遺忘的時候。

有了這樣的擔憂之後，小個幽靈經常陷入沉思，挖空心思想著，如何避開登上投胎列車行列，再不然若能像前一世那樣，靈界闖蕩十數年也是可以的，這便能讓自己可以和慧黠靈敏的幼兒相處長一點的時間，多一點時間在天真無邪的幼兒世界薰陶。小個幽靈想起之前那一世，直到小娃兒在學校裡念書上整天課了，無聲無息一點一點進入社會化路程，一天裡至少有八個小時以上的時間待在學習場域，幽靈的祂留在家裡空虛時間相對加長，那種時候總會無來由的感覺空虛，不知做什麼好，真的就是一隻四處飄蕩的遊魂鬼靈。曾有一段時間，祂似乎罹患了鬼靈憂鬱，對什麼都沒興趣，也都不想動，於是直接就躲進人類家裡多年未啟用的老物件裡。

那種情形彷彿寄居蟹寄居於死亡軟體動物的殼，祂想到自己躲入的這家人束之高閣的胡琴，不也是死了的殼嗎？

世界上現存一千多種寄居蟹，絕大部分生活在水中，也有少數生活在陸地。還有一些寄居蟹不再寄居他物甲殼裡，進而發展出了類似螃蟹的硬殼，也叫硬殼寄居蟹，著名的椰子蟹就屬這一類。小個幽靈到底是亡魂，不具象，再怎麼樣祂也成不了椰子蟹。

許多年來人類對自然生態的破壞，趕不上有心人士大力疾呼，並且在環境保護上竭盡心力，因此浩劫威脅仍未解除，這從許多寄居蟹找不到合適的殼，被迫寄居在如寶特瓶蓋等塑膠垃圾裡就可知了。

最初想也沒多想就鑽進那把胡琴，有趣的是無法說得清的因緣。那家的小娃是個老成持重的女孩，內心裡住了一個老靈魂，小學一年級就央求爸媽讓她學胡琴。

「妳確定要學胡琴？」

「妳是女生，不學鋼琴或跳舞？」

爸媽都不知道小女孩從小一雙眼睛總盯著高處那把胡琴，說不來的熟悉感，彷彿那把胡琴曾經是她愛不釋手的樂器。幼稚園大班的時候她問過爸爸、媽媽，家裡怎會有胡琴？爸爸和媽媽又不拉胡琴。

「那是妳奶奶的最愛。」

「奶奶呢？」

「奶奶車禍過世了。」

爸爸說到奶奶車禍時，小女孩的心口陡地怦怦跳著，一種奇異的感覺流遍了整個身體，她不假思索地上前緊緊抱著爸爸，腦波閃過的是「孩子，不傷心，我在這兒呢！」好一會兒離開了爸爸的胸前，剛才那種奇怪感覺和想法也瞬間消失了。

就是這種說不上來的感覺使她堅持，爸爸、媽媽的遊說分析都無法改變她的意志，後來也就尊重她，真讓這小小一年級的女孩去學胡琴。一來大約是興趣產生動力，二來也可能是小女孩具有拉弦樂器的天分，總之拉得極好，有模有樣。

小女孩之所以發現小個幽靈的存在，是小個幽靈聽多了小女孩拉的曲子，有天小女孩才剛拿起弓，小個幽靈便逕自哼了起來，小女孩先是蹙眉深思，但心緒忒是鎮定，她把二胡拿起來前看後看，小個幽靈還沒發現已被注意、已被觀察、已被研究了，還陶醉在自己的輕哼慢唱之中。待祂睜開眼時，恰巧對上了小女孩骨碌碌轉個不停的眼睛，倒把自己給嚇得震出了二胡。

小小個子的幽靈第一次慌得手足無措，倒是小女孩神情自若，不慌不忙的蹲下來盯著祂瞧，這一瞧竟瞧出趣味。

「你是小精靈嗎？」

小女孩不同於一般相同年紀的孩子那樣怯生生，反而是自信自在地伸出右手想要觸摸小個幽靈，小個幽靈從沒想過和人類的初相見會是這樣的，反而十分不自在的直往後縮。

「你別怕，我不會對你怎樣。」

「……」小個幽靈還是驚還是慌，完全張不了嘴。

「來，來吧，到我手上來。」小女孩鍥而不捨地招呼小個幽靈：「真的，來啊，我們做個好朋友吧！」

過去若干次的生生滅滅，小個幽靈還不曾跟人類做過朋友，怎知遇到這個熱衷拉二胡的小女孩，竟然能讓她看到自己的面貌，更讓小個幽靈意外的是，小女孩並沒因為害怕而尖聲驚叫，她的鎮定免除了可能衍生的不必要驚嚇與驅逐。

小女孩持續釋出善意，小個幽靈的畏懼這才一分一分散去，祂顫巍巍地伸腿伸手，從二胡裡鑽了出來，好巧不巧正落在小女孩併攏的雙掌之上，小女孩立刻捧到了鼻尖眼前，同時讚聲連連：「好可愛唷，以後就叫你小可愛了。」

小女孩什麼都沒問，沒問祂是什麼、從哪裡來、在她家做什麼？她只是一直重複那句：「好可愛喔！」頂多再加上一句：「你怎麼這麼輕？」

就在這時小女孩的媽媽來了，媽媽問：「小萱萱，妳跟誰說話？」

小女孩情急之下順手把小個幽靈放進她洋裝口袋，並且口裡哼著一首兒歌。

好朋友我們行個禮，握握手呀來猜拳。
石頭碰帕看誰贏，輸了就要跟我走。

小個幽靈慌亂神識漸次緩和再到平穩，聽著這個名叫小萱萱的小女孩清麗歌聲，宛如安撫入睡的安魂曲，祂整個魂識被熨燙得服服貼貼。

「我唱歌啦！」

「唱給誰聽哪？」

「爸爸、媽媽、好朋友啊！」

小個幽靈聽見了，爸爸、媽媽、好朋友，祂是小萱萱的好朋友，小萱萱把祂看作好朋友呢，小個幽靈喜出望外，忍不住偷偷的從小萱萱的洋裝口袋探出頭，那模樣是深怕被小萱萱爸媽瞧見，轉念間才想到祂是常人見不到的靈體，何必要如此這般的縮頭藏尾。

小個幽靈自覺和寄居蟹相比，前一世有那人家的廢棄胡琴讓祂棲息，又正好那家的小主人喜歡胡琴、學了胡琴，祂才有機會在胡琴旋律中窩身好些年，那是一段美好的寄居生涯。此際想來，開始思忖是不是得要在羅家再尋一個可寄居的物件，然後再和羅頌昌培養出一段比一般幽靈長久一些的關係。但若在羅家選個老物件安身，這次祂一定不選可被拿來操作的物件，那是因為前一世那位拉胡琴小女孩，考上大學後，在爸媽送她去學校的途中發生了車禍，父親重傷、母親輕傷，女孩當場往生。因為女孩車禍往生的痛太沉重了，以致那家爸媽把女孩所有物件都化給天上的女兒，包含那把老胡琴，小個幽靈也就沒了可窩藏的一方小天地了。

規勸大頭精靈的時候自己說得頭頭是道，可是當自己陷入早晚有一天也會和小昌昌道別的情緒時，猛然察覺原來自己也有分離焦慮。倒是小個幽靈是個很容易就轉念的幽靈，祂想著如同自己勸大頭精靈時哼唱的那首〈奈何〉的歌詞一樣，「有緣相聚，無緣分離」天經地義，所謂「人生各有渡口，各有各舟。緣起則聚，緣盡則散。」

不管是人類還是祂們靈類，真的都沒必要，讓自己陷入情緒泥淖難以自拔。

尤其打從聽過羅莉和羅蔓兩姊妹，拉著小昌昌肥嫩嫩小手唱了小萱萱唱過的那一首兒歌。

好朋友我們行個禮，握握手呀來猜拳。
石頭碰怕看誰贏，輸了就要跟我走。

那是首輕快有趣的兒歌，聽多了小個幽靈也記住了旋律和歌詞，有事沒事便對大頭精靈哼唱，幾次下來也就練得熟透。

「拜託，不管輸或贏，我都不能跟你走。」大頭精靈笑笑地說。

「也是啦，我們各有各路，而且時程也不一樣。」小個幽靈這話說完突然有所思的又說了一句，「不過也很難說，如果真的有緣分，我們也是有可能一起搭上同一列投胎班車，一起去了某個爸爸、媽媽的家。」

「說那什麼話？哪有可能？」

「哪不可能？」小個幽靈吹了大頭精靈一口氣，「雙胞胎不就是了！」

大頭精靈明白小個幽靈之說大有可能，但祂倆真有這種因緣嗎？算了，不想這個了，反正船到橋頭自然直。

儘管羅家屋子裡有著大頭精靈和小個幽靈兩隻鬼，但祂們也不是司公仔象桮（意即焦不離孟、孟不離焦），整個羅家三層樓，祂們各自都有喜歡躲藏的地方，有時一整天下來沒打照面也是有可能的。

小個幽靈每天一想到就對著小昌昌哼唱兒歌，才幾個月大的小昌昌不知是被小個幽靈噴氣噴得爽快，還是前世靈氣仍在，宛如聽懂似的，也跟著「嗯嗯嗯……」個不停。

「小昌昌，你唱歌啊？嗯嗯嗯的。」何碧蘭說。

小個幽靈驚訝得合不攏嘴，一雙何碧蘭看不到的鬼眼，瞪得比古時候大宅院的門環還要大，這讓剛從三樓羅蔓房間飄下來的大頭精靈嚇得倒彈，往回飄到緊貼著牆壁。祂倆很快鎮定下來，新生小娃娃還帶著超靈敏本性，這是無庸置疑的，只是祂們這兩隻鬼靈突然忘記而已。

大頭精靈看著小個幽靈和小昌昌的互動，發現以兒歌和小娃娃建立友誼最為便捷，小孩兒到底是人界裡相對單純的物種。

大頭精靈因此告訴小個幽靈：「你別太杞人憂天，好好把握現在能夠相處的時候，這才是最要緊的。」

三　弟弟最愛黃顏色

羅頌昌滿月隔天，羅蔓用保鮮盒裝了一塊弟弟的彌月蛋糕，帶去學校請范慈倩、胡媄媄和李紫嫻分享，上廁所回到教室看見了的何一鳴很哀怨的說：「厚，都沒留一口給我。」

「來來來，這些給你。」胡媄媄努力把保鮮盒刮得乾淨，送上那一匙。

「呿，你當我是蟑螂螞蟻啊，吃這些屑屑。」

「哎呀，沒吃到又不會怎樣，你都這麼胖了。」李紫嫻雖是安慰何一鳴，聽來卻像故意挖苦他。

「啊，是我沒想到幫你留一口，對不起，下次補請你。」羅蔓說的客氣。

「你媽又懷孕了啊？」何一鳴脫口而出這句，惹來周邊幾位同學竊笑，但也少不得羅蔓的一陣搥打。

「我弟弟才剛滿月，我媽忙他都累慘了，還懷孕咧。」羅蔓說著這話時心裡真想著，媽媽都四十二歲了，有她和羅莉兩個女兒，現在又多了小昌昌這個兒子，有必要再生嗎？光這樣想著她都替媽媽感到疲累了。

小昌昌一天天長大，四個月過後開始副食品階段期，善盡媽媽職責的何碧蘭，一如之前餵養羅莉和羅蔓那樣費心製作副食品，從番薯泥、南瓜泥到蛋黃泥，小昌昌來者不拒，吃得可歡樂了，慢了還會咿咿呀呀的催著，彷彿是在說：「快啊，快給少爺我餵一口啊！」

羅莉和羅蔓兩個姊妹有時自願餵食，可卻多半是將小昌昌當玩具玩，她們最常做的是故意吊小昌昌胃口，一匙餵過後停了好長一段時間，就是不給他第二匙，小昌昌等得不耐煩了，就一雙手握拳空中揮個不停，皺眉瞇眼一張嘴咿咿哇哇個不停，任誰看見了，都知道這小傢伙生氣了。

「你是怎樣？不爽啊，不爽就不要吃喔！」

「姊姊這麼辛苦餵你，不知道感謝，還咿咿哇哇鬼叫鬼叫的，有你這樣的客人嗎？」

叨念了一頓，再慢條斯理的、要餵不餵的送上一匙，小昌昌彷彿幾世紀沒見過食物似的，一張嘴歪左又歪右的急急迎上來，那模樣有趣極了，羅莉兩姊妹忍不住噗哧一笑，羅蔓以右手食指拇指捏捏小昌昌臉頰，「你喔，非洲來的小難民啊？這麼餓啊？」

小昌昌不知是口腔裡有食物滿足了，還是姊姊的笑語逗著他了，竟也咧嘴笑開。「有得吃你就知道笑，你這嘴饞小鬼。」換羅莉捏小昌昌左臉頰。

被兩個姊姊左右臉頰捏著，小昌昌自己無所感，倒是貼著牆面的大頭精靈和小個幽靈竊竊私語著：「小昌昌那張臉讓他兩個姊姊這樣拉，會不會就把一張嘴拉成一座湖？」

「是有這種可能，這個小昌昌只知道吃，他是不會反抗啊？」

「吃最重要啊！」

「皮肉痛就該反抗，他不懂嗎？」

大頭精靈這麼說了之後，瞬間冷靜下來自問著，祂自己面對前前世那一對暴力父母，有想過反抗嗎？那個年代父母打小孩被視作理所當然，他們端出一個冠冕堂皇的理由，說是教養自己的孩子，但動輒打罵的教育，真是教養孩子嗎？多半是發洩他們個人的情緒吧。

大頭精靈那一世活著的時候，甚至後來離開人世之後，心口常撓著一絲絲痛楚，那一絲絲痛楚裡有廠長爸爸皮帶抽鞭，和那個在家待不住的媽媽隨手揮來的巴掌，他就算死命認真讀書，考上第一志願高中，給足逢人就提上一提的爸媽面子，但爸爸仍然是一雙仇視的眼神對他，媽媽看似和善待他，卻又防著他知道太多她私下與鄰居阿伯的祕密，那種苦真沒人能懂。

《家庭暴力防治法》是在民國八十七年才制定的，主旨在避免家庭暴力的發生。後來更有一一三保護專線，這是一支二十四小時全年無休的服務專線，如果身邊有家人或朋友遭受家庭暴力、性侵害或性騷擾的困擾，或是知道有兒童、少年、老人或身心障礙者，受到身心虐待、疏忽或其他嚴重傷害身心發展的行為，任何人都可以主動撥打一一三專線，並盡可能提供相關的「人、事、時、地、物」資訊，清楚地提供被害人所在地點、相關身分資訊，以及詳細舉報內容，包含被害人當下的意識狀態、事件發生的原因、時間、頻率等，與線上接線人員進行討論，讓政府公權力介入，及時提供給需要的人保護與協助。

幸好再次投胎成為海產餐廳家的女兒前，那一段等待的時期，自己因為到處飄移，有幸聽到一個老阿嬤說過一段話。「人跟人會成為一家人，都是因為業力牽引，一切都看你累世以來造了什麼業，總之不脫離四種狀況，欠債、還債、報恩、報仇。」

當時聽到這段話，立刻連結到過去生與父母到底是仇？是怨？不然怎麼從小總動輒得咎？身體就像是爸媽的砧板。

大頭精靈隨即又覺得好笑，自己在世為人時，都沒現在如此用心的深入探討人我關係，而且此際想這些又能如何，過去的事也該放下了吧！

「大頭仔，你怎樣了？」

「沒啦！」

「想起從前喔？」小個幽靈先這麼問，接著又說：「欸，你沒聽過羅莉在讀的那個什麼李白的詩『棄我去者，昨日之日不可留；亂我心者，今日之日多煩憂。長風萬里送秋雁，對此可以酣高樓。蓬萊文章建安骨，中間小謝又清發。俱懷逸興壯思飛，欲上青天覽明月。抽刀斷水水更流，舉杯消愁愁更愁。人生在世不稱意，明朝散髮弄扁舟。』？想那些做什麼？都過去了啊！」

想想也是，有什麼比此時此刻重要，不是都說要把握當下嗎？平常就看看小昌被姊姊們捉弄的模樣，當成一種生活趣味。

六、七個月大的小昌昌開始增加了手指食物，蓮霧、蘋果、鳳梨、玉米筍、紅蘿蔔、白蘿蔔……等何碧蘭都會準備。何碧蘭原以為泥狀輔助食品吃得挺好的小昌昌，必然也是會對手指食物樣樣來者不拒，但事實卻是有些他嚐過一口後，第二口送上時他就反手撥開，明顯是告訴伺候進食的這個人：「本少爺不喜歡這個食物，你可以收下去了。」

何碧蘭最大的願望是孩子從小不偏食，所以總是極盡所能的一再嘗試，偏偏小昌昌口腔雷達十分發達，他不愛的食物送到嘴邊，他就有本事有如塗上黏膠似的緊閉雙唇，不張開就是不張開。

「紅蘿蔔喔，小白兔喜歡吃紅蘿蔔唷！」何碧蘭對著嘴閉得銅牆鐵壁般的小昌昌不斷喊話。

「妳家小昌昌又不是小白兔，他不愛吃就不要給他吃嘛！」小個幽靈在何碧蘭耳畔吹氣，何碧蘭無所感，只一個勁的要敲開小昌昌的嘴。

「紅蘿蔔好營養，有很多葉黃素，吃了眼睛明亮喔！」

「最好妳家小昌昌知道什麼是葉黃素啦！妳這個媽有必要說得這麼細嗎？」小個幽靈當然清楚自己這只是在何碧蘭耳邊吹風，但祂就是忍不住想說。

和小昌昌對峙了大半天，何碧蘭也累了，想想換一種食物吧，於是放下紅蘿蔔拿起玉米筍，沒曾想玉米筍剛拿在手上，端坐自己餐椅的小昌昌就哼哼啊啊起來，不但張了嘴，還兩隻手空中揮舞想要來抓玉米筍。

「怪了，紅蘿蔔你不要，看到玉米筍就猴急得像什麼？這麼愛吃玉米筍啊！以後媽媽常煮玉米筍給你吃。」

看見小昌昌歡喜要吃手指食物，何碧蘭喜出望外立即作下承諾，回頭又一想，孩子不能挑食，所有食物都得要吃，於是她換下玉米筍又拿起紅蘿蔔，這動作才一做下，沒等她把紅蘿蔔送上前，小昌昌那張嘴就又抿得死緊了，兼還擰著眉，怒目以對何碧蘭。

小個幽靈真覺得好笑，這個媽媽真是執著不死心，小昌昌愛吃玉米筍就給他吃嘛，何必搞得自己累兮兮，小孩也不高興。再說他現在不肯吃紅蘿蔔，不代表他以後也不吃啊。

何碧蘭自己看了這一幕也覺得好笑，這孩子也太聰明了吧，才看媽媽手上換了食物，就知道是他不愛吃的紅蘿蔔。

算了算了，先給他吃他愛吃的玉米筍，紅蘿蔔以後再想辦法塞進他嘴巴。

人與人之間講求眼緣，人與物件與顏色，也是一樣因為看對眼而喜歡。

小昌昌喜歡玉米筍，不喜歡紅蘿蔔，何碧蘭只當是小昌昌不能接受紅蘿蔔的獨特氣味，並沒有深入去探討原因。

有一天，羅軒疆穿了件黃色 polo 衫，那是非常醒目的月光黃，穿在羅軒疆標準身板上，整個人移動時總能讓人移不開目光。八個月大蟲一般的小昌昌，才看見爸爸下樓，就在客廳裡他專屬遊戲床裡哇啦哇啦叫。

「小昌昌你怎麼了？看到你的偶像現身了啊？」何碧蘭自己也對羅軒疆送去仰慕眼神，「爸爸穿這件很帥喔，媽媽買的喔！」言下之意是她的選購眼光出色。

「嗯，爸爸這樣一穿，年輕了二十歲。」隨後下樓的羅蔓這樣說。

「那我們爸爸不就二十來歲而已。」羅莉說完順手勾住羅軒疆手臂，「這樣人家從後面看，會不會說是我男朋友？」

沙發上的何碧蘭略略仰頭看著羅莉，國三生十五歲的年紀，但身量已經亭亭玉立，一百六十三公分的身高，不會過胖的體態，窈窕小少女一個，該不會學校一堆蒼蠅跟在身後吧？這樣一想，不禁慌了起來，趕快就說了：「小莉啊，你現在正是國三衝刺階段，可別分神去交什麼男朋友喔！」

「媽──」羅莉這一聲拉得老長，「妳真是的，就像阿嬤說的『講一个影，生一个囝。』」（意思是捕風捉影）

羅莉訕訕的放下挽著爸爸的手，羅軒疆偏過頭看一眼羅莉，這個嗜吃巧克力的大女兒，在不知不覺中已過了及笄年紀，很快將蛻變成小女人，真是一則以喜一則以憂，喜的是孩子平安健康的成長，並且學習都不需父母操心，可是從現在開始他會把心提在胸口，他這女兒未來一定會引來不少追求者，他得慢慢告訴羅莉，在男女交往上如何拿捏、如何選擇、如何互動，那之間滿是學問啊！

「媽，妳放心啦，羅莉這樣刺耙耙的女生，沒有男生敢惹她啦！」

「呃？」羅蔓的話雖然點出羅莉目前沒分神在男女交友，但那話又讓何碧蘭的心有些微刺痛，羅莉真是兇婆娘嗎？那未來怎麼辦？她會不會嫁不出去？

「厚，這個媽，想得也太多了吧！」貼在牆角的大頭精靈搖晃著腦袋哼出一縷輕煙。

小個幽靈聽著沒回應，最近祂很認真在研究，如何避開輪迴轉世的命運。

「咿咿啊啊……」遊戲床裡的小昌昌仍然緊盯著羅軒疆，並且不停出聲索抱，羅軒疆彎身抱起小昌昌，小昌昌一副得救似的手舞足蹈。

小昌昌雖是被爸爸抱著，卻沒有片刻是安靜的，總是前鑽後動，一下子扒著爸爸的肩頭，一下子兩隻肥嫩短腿把爸爸前胸當好漢坡爬，兼還小拳頭嘴裡進進出出，沾了口水再往爸爸臉上頭頂摩娑，好脾氣的羅軒疆任由小昌昌無尺度的蹂躪他。

「爸，你太寵底迪了，他都把你糟蹋成這樣，你還笑咪咪的，你有被虐傾向啊？」羅莉這樣說。

「爸，你這樣不行喔，這樣底迪會沒規矩、沒分寸，要教。」羅蔓說著就動手抓起小昌昌右手，拍了手背一下，沒想到小昌昌只是笑，羅蔓又說了：「你們父子都喜歡被虐啊，真拿你們沒辦法。」

「啊，我知道了……」何碧蘭沒來由大喊一聲，四位家人全都向她行注目禮。

「媽，妳這樣突然大叫會嚇死人呢！」羅蔓說這話的同時羅莉猛拍前胸呼應道：「對嘛，好好的發什麼神經嘛！」

羅蔓這一說引來父母同時射來的一瞪，她撇撇嘴噤聲了。

「妳知道什麼了？」抱著小昌昌的羅軒疆輕聲問老婆。

「我知道小昌昌喜歡你這件黃色 polo 衫。」

何碧蘭這話讓羅氏姊妹猛盯著小昌昌看，看他那兩隻小肥手把爸爸襯衫當抹布擦過來擦過去，整件襯衫到處是口水痕跡。

「嘖嘖嘖，太可怕了吧，爸爸這件 polo 衫被小昌昌喜歡，是個大災難吧！」羅莉掩嘴不以為然。

何碧蘭很跳躍地忽然想起一首老歌，站起身開口便唱了：

我的他，穿著一件黃顏色的襯衫，黃襯衫在他身上，更顯出美麗大方……啊……我心中的太陽，也是我心中的月亮，啊……我心中的星光，永遠永遠在我心上……

隨著何碧蘭的歌聲，小昌昌的左右手更是不得閒，又抹嘴巴、又抹羅軒疆的黃色 polo 衫，口裡也跟著哼哼啊啊起來，這畫面說和諧是和諧，說荒謬也是荒謬。羅莉和羅蔓兩姊妹看著媽媽無厘頭的演出，以及爸爸沒來由的陶然其中，再加一個小昌昌鐵粉，見到巨星似的扒著爸爸不放，還很放肆地在爸爸身上鑽上鑽下，一張臉更是不停摩擦沾黏了口水的 polo 衫，一致頻頻搖頭，做出不敢苟同狀。

一家人正歡樂時門鈴響了，何碧蘭只得被迫暫停演出去開門，門啟處是剛新婚沒多久的小妹碧雪夫妻。

「稀客稀客。」

「快請進。」

「小阿姨、小姨丈來了。」

「咿咿……」

「哇，這麼厲害，會叫姨呢！」碧雪很自我陶醉。

「碧雪，妳想太多了。」何碧蘭實話實說。

客人進了客廳，主人客人共七人，五個人出了聲音，新姑爺咧著嘴笑沒發聲，還一個是電鈴響起時忙奔去洗手間解決洩洪大事的羅蔓。

羅莉外公和外婆總共生了三個女兒，小阿姨集三千寵愛在一身，同時是三姊妹中學習最好的一個，外公盡全力栽培，送她出國讀書，因為之前全心在學業，完成學業歸來，結婚都三十五歲了。

羅氏姊妹聽過媽媽說，小阿姨生下來的時候，外公、外婆只想有個可人的女兒在跟前，也沒期望日後她多會讀書，名字就從兩位姊姊名字裡各取了一個字，便取了碧雪這個名字，那時萬萬沒想到連著自家的姓氏，念起來竟是「何必學」。

「妳們都不知道，何必學還是老師起的頭，我小妹中年級換了個老師，那老師本身就笑料滿身，第一天點名就大剌剌說：『妳爸媽把妳取名叫何必學，不就是要妳不必太認真，呵呵……』也就是這話刺激到妳小阿姨，從此她卯起來讀書，一路名列前茅，國小、國中、高中、大學再到出國，她用實際學習成果為自己雪恥。」

這些是何碧蘭之前曾經跟兩個女兒說過，主要是因為孩子們小時候和碧雪沒見過幾次，姨甥關係沒她們和雪蓮那樣熟稔沒有距離。羅莉和碧雪差了二十歲，羅莉是小娃娃時，碧雪都在台北讀書，再到羅蔓生出來之後，碧雪已經出國留學了，是這幾年回國工作，才多了見面機會。碧雪今年剛結婚，無論婆家或娘家都希望她能趕快生個娃娃，尤其羅莉外婆特別叮囑她，既然工作地點就在台南，和高雄相距不遠，那就多利用假日到何碧蘭家走走，逗逗小昌昌，感染感染母性，說不定就能很快懷上寶寶了。

羅家的歡樂氣氛看在來家裡作客新婚的何碧雪夫妻眼裡覺得新鮮有趣，羅頌昌那古靈精怪的模樣也真是討人喜歡。

「小昌昌，好可愛啊！」碧雪逗著小昌昌，羅軒疆順勢問她要抱小昌昌否，「要不要抱一下？」

「抱一下，感染一下，你們也趕快生個小孩。」何碧蘭一邊幫腔。

羅軒將手一推向前，就把小昌昌往碧雪懷裡塞，碧雪不得不勉為其難的接過蟲一樣的小孩，那神情彷彿接下一個燙手山芋，羅莉和羅蔓一旁看了相互撇撇嘴，想笑又沒笑出來。

小昌昌才歪過碧雪身上沒兩秒，就又扭頭轉身找他爸爸，一雙手空中亂揮亂舞，期間還咿咿啊啊不停。

「小昌昌只要爸爸抱啊？」小姨丈開口這樣對小昌昌說：「你知道你們是同一國啊？」

碧雪把小昌昌再送還給羅軒疆，也將自己剛才的大發現說出來：「我看小昌昌是對黃色特別有感喔！」

眾人目光這時都聚集到扒著羅軒疆不放的小昌昌，只見他又是狂拉羅軒疆黃色polo衫衣領又是用力扯袖子，一張臉更是貼著摩娑不停，小嘴更是嘟得高高的一直噗噗噗的吹彈口水。

羅蔓聽了小阿姨的推論，實驗魂立即上了身，她很快跑上三樓自己房間，又快手快腳地換了件黃色洋裝，趕在最短時間裡回到客廳。羅蔓上樓時客廳滿滿的家人都沒人發現，直到她再次現身，因為穿著改變，引來大家夾帶疑惑眼神的注視，最大的動靜是本來在羅軒疆懷抱的小昌昌，開始扭動身體向著羅蔓身上傾靠過來。原來他不是只愛羅軒疆的黃色 polo 衫，他是唯黃色便傾心，羅蔓至此十分確定，小昌昌眼中只有黃色。

「你們看，你們看，是不是？小昌昌喜歡黃色。」碧雪再強調一次。

小昌昌一直靠過羅蔓這邊，羅蔓不得不伸手從爸爸手上抱過來小昌昌，然後酸他一句：「你喔，小色胚，喜新厭舊的小色鬼。」

「爸，你失寵了。」羅莉先說了這句，再伸手捏捏小昌昌臉頰：「底迪，這樣不行喔，不能有了新人忘舊人。」說著硬是從羅蔓手裡把小昌昌拔起來，順手再塞進羅軒疆懷裡。

「這才是你的靠山。」

羅莉一連串動作和說詞，惹得滿屋子的人哈哈笑。

但也因為碧雪的說法，點出了關鍵因素，何碧蘭這也恍然大悟，為什麼小昌昌不肯接手紅蘿蔔，換了玉米筍他就愛得很。

羅軒疆、何碧蘭和羅莉、羅蔓姊妹原本都沒發現小昌昌對黃色情有獨鍾，從碧雪點破之後，大家雖然心領神會，但也只有羅蔓特別留心去觀察小昌昌的生活狀態，果然發現小昌昌對黃顏色的食物特別感興趣，甚至幾近瘋狂，舉凡香蕉、南瓜、蒸蛋、玉米濃湯等等，喜愛到無以復加。此外玩具和布偶，也是黃色系的能得他歡心，寶貝一樣緊緊抱著常常把玩。

四　爸爸懷念舊時光

時間一分一秒過著，日子也就一天一天流逝，對時間最有感覺的除了就學中的羅莉和羅蔓兩姊妹，再有就是每天朝九晚五的男主人。

至於何碧蘭和小昌昌，一個是忙著照顧一家大小，根本無暇去顧到今夕何夕，另一個則是正在懵懵懂懂半獸半人的階段，更是不知道光陰歲月與時間為何物。

面對這樣一個需要人全心全力照顧的孩子，尤其又是一個活力十足的小男孩，年過四十二的何碧蘭常會有快虛脫的感覺，有時操勞一天下來，下午四點多幫小昌昌洗個澡總會弄得人仰馬翻的，恨不能有神仙來搭把手，好讓她有個喘息空檔。

有一天就是這樣累歪歪的，她將洗過澡的小昌昌放進遊戲床裡，自己靠著沙發竟就打起盹來，猛然一驚醒時正是羅蔓手持鑰匙開門進來。

「媽，妳睡著了啊？」

「小蔓回來了啊？」

「媽，我肚子好餓，有什麼可以吃的？」羅蔓一邊開冰箱一邊探頭看向廚房。

「啊，我還沒開始弄晚餐……」何碧蘭忙要從沙發站起來，卻是一個踉蹌又跌坐回沙發。

「媽，妳怎麼了？」羅蔓靠上前關切地問了一聲，轉而伸手捏了遊戲床裡近一歲的小昌昌肥臉頰一把，「你看你，不睡覺，只會鬧，把媽媽累壞了，怎麼辦？」

小昌昌睜著一雙黑白分明的眼睛看著羅蔓，他也是好性子，任由姊姊捏拉他的臉頰，都已捏得紅通通一個印記，他也不哼不唉不哭，反而直衝著羅蔓笑，笑得羅蔓沒法繼續對他興師問罪，笑得羅蔓忍不住噗哧一笑，笑得羅蔓真歡喜家裡多了小昌昌。

「小昌昌沒吵我沒鬧我，是我年紀大了，體力不好了，坐上沙發就夢周公，真不好意思啊……」

「媽是在不好意思什麼啊？」

男主人下班順道接回剛上完第八節輔導課的羅莉，羅莉一進門只聽了媽媽語句尾巴，就接下說道。

羅莉就學的國中規定五點十分關上學校大門，學生不可以再在學校逗留。羅軒疆不放心這個社會的交通，大多時候準時下班，然後跨區去接羅莉，順便也把羅莉的好朋友李秀緞和柯雪碧也一起接了，並且先繞一點路，分別把柯雪碧和李秀緞送回家，再回自己的家。

其實羅莉剛上國一時，羅氏夫妻一致同意她和李秀緞、柯雪碧放學一起走路回家，既有伴同行，也可交流學習心得。三個女孩也這樣無憂無慮的相伴每一個放學回家路程，本來三人都認為她們可以這樣快樂結伴走三年。但升上國二，下學期第二次段考後，某一天天氣無預警地說變就變，在三個女孩回家途中下起暴雨，三人趕緊尋著騎樓躲雨，但那雨勢絲毫沒要作罷，三人只好去便利商店各買一件簡便雨衣穿上，然後再一起上路回家。

柯雪碧的家先到，緊接著下一條路的某條巷子，李秀緞的家便矗立在那兒，羅莉從三個人有伴走到只剩她一個人。如果情況只是這樣，羅莉也還能自我陶醉在獨行之中。偏偏兩位同學分別回家後，老天瞬間垮下臉暗沉了下來，而且雨勢也更狂暴一些，好像專為欺負她似的，越下越大越狂。她一個人路上踽踽獨行，忍受著雨水打在臉上的刺痛，也忍受著地面積水漫進球鞋的難受，也就有了小小的自憐。

狂亂不停的雨勢，迫使多數人無事不出門，平常車水馬龍的馬路，反常的行人稀少到幾乎沒有，連汽機車也不多見。雖然只剩下兩個街口就到家，可是風狂雨驟不停歇的欺凌羅莉，她雖穿著簡便雨衣，仍然是被潑濺到滿臉雨水，雙腳鞋襪更像是泡進水漥一般。

禍不單行似是定律，說時遲那時快，一輛機車冒冒失失就從巷口竄出來，排氣管不偏不倚勾住羅莉被風吹著飄起的雨衣下襬，她一個重心不穩俯趴在地，機車騎士沒意識到擦撞到路人，龍頭一歪右轉就呼嘯而去，跌坐在地的羅莉只能無語問蒼天，眼睜睜看著那機車在雨瀑裡揚長而去，消失了蹤影。

羅莉抬眼環顧四周，舉目無親，除了自救又能如何。幸好羅莉本就不是公主型小孩，她很清楚在這種天氣，下雨像貓狗亂竄亂跑的時候，多數人都躲在室內以免遭罪，無依無靠之下她只能自求多福了。羅莉坐在地上看一下自己的腳，右腳踝擦出一道約莫五公分的傷口，正汩汩滲著血絲，兩隻方才壓住地面的手掌，就著雨水沖刷一下，除了壓痕沒有傷痕，是不幸中的大幸。

羅莉費了好大一番力氣才站起來，站起來後隨手拉整一下雨衣，立刻不做他想的快速向著自家方向走去，沒多久走到家，還沒打開小院的門，已看到媽媽抱著小昌昌大開客廳的門朝外逡巡。羅莉走進小院，在簷廊下正脫著簡便雨衣，一時莫名的悲從中來，喊了一聲「媽」，眼淚就撲簌簌地流了滿臉。

何碧蘭一著急差點奔出客廳大門，是身後羅蔓一聲大叫喊住了她。

「怎麼了？小莉。」

「媽，妳這樣會讓小昌昌濺到大雨。」羅蔓快手快腳抱過媽媽手上的小昌昌，又朝簷廊下的羅莉喊話：「羅莉妳就趕快把雨衣脫掉，趕快進來，有什麼事進來再說嘛！」

面對媽媽慌亂姊姊失神，羅蔓的鎮定看在正將車子駛進自家小院的羅軒疆眼裡，突然發現這個二女兒才小小五年級就有能力指揮若定，以前真沒好好發現她的特長。

經過那次事件，羅氏夫妻一致決定，除了維持男主人上班前先送兩個女兒上學，再調整成羅莉下課也讓爸爸接回家，至於羅蔓，一是小學校區距離他們家較近，再是小學四點就放學，還在上班的羅軒疆總不能為了接女兒提早下班。

「爸，我不用啦，我們學校離家這麼近，而且我和范慈倩、胡媄媄、何一鳴他們一起走路回家，有伴。」羅蔓看著爸爸毛毛蟲一般的眉，再補上一句：「我們四點就放學，你要翹班啊？」

「也是喔！」何碧蘭喃喃了一句。

羅軒疆再一次對羅蔓刮目相看，她不會說姊姊放學有爸爸接，她也要比照辦理，竟然還替爸爸想到工作之事，這孩子思考是全面性的，以往真的有點小看她了。

那之後除非羅軒疆出差，否則一定五點過後就離開工作單位去接羅莉，基於幼吾幼以及人之幼的心理，也就一併把李秀緞和柯雪碧送回家。

打從一開始三個國二女生就約定好全數坐後座，羅軒疆教過自家女兒乘車的禮儀，所以羅莉很清楚。

當駕駛人是司機的時候，首位在司機後座的對角位置，其次是在司機後方，第三位在後座中間，除非萬不得已，否則後座中間儘量不要安排，因為坐著不是很舒服，至於最末位則在司機旁邊副駕的位置，除了好做引導；張羅事情；也是乘坐計程車付錢的人。

但如果駕駛人是主人自行開車時又另當別論，這時首位是駕駛人旁邊副駕的座位，其次座位是副駕正後方，第三位在司機正後方，同樣的中間座位儘量不要做安排。

所以羅軒疆第一次載三個女孩回家時，看著羅莉拉開後座車門，三人魚貫爬進後座，他側轉半身看著好半天沒說話，羅莉瞬間意識到乘車的禮儀問題，趕緊說：「爸，我不是把你當司機啦，是我們三個人都坐後座，比較方便說話，不然我要一直回頭，怕會扭到。」

羅莉抓緊時機也跟兩位好友說了乘車禮儀，才一說完，兩位女孩齊聲跟羅軒疆說：「羅爸，我們把羅莉拉到後座，沒別的意思，是因為我們是閨密要坐在一起，好說悄悄話啦！」

「嗯，我知道妳們小女生有說不完的話，記得扣上安全帶喔。」

從此羅軒疆甘心當三個女孩的專用司機，而這三位國二女生當真有說不完的話，每每從一上車就開始天南地北的嘰嘰喳喳個不停，完全把羅軒疆當空氣。羅軒疆看著三個女孩你一言我一語，真想不明白她們怎會有那麼多話可講，而且三個人搶著說，老聽到「我先我先我先說。」然後又是一陣六隻手齊上場東拉西扯，三個人雖然是都扣上了安全帶，卻也還能妳推我拍的跨界越河，心裡不免泛起青春真好的感嘆！

時間過得真快，一晃眼羅莉都國中三年級，羅蔓也六年級，小昌昌也從娘胎落了地，一路也養到學走學說話了，雖說肩頭的負擔是更大了，但這負擔是甜蜜的，他愛著呢！

最後進門的羅軒疆在踏進客廳時，心裡已做下了決定，今天既然老婆因為打盹忘了煮晚餐，那就外食一回吧！

「今晚我們出去吃飯，妳們想吃什麼？」羅軒疆這一問，羅莉和羅蔓不假思索地便回答：「當然是去牛老大吃神奇牛肉麵囉！」

「妳們真吃不膩？」

「已經很久沒去吃了。」

「不膩不膩。」

兩姊妹的回答雖不一樣，但異曲同工。

羅軒疆雖是問了兩個女兒吃不膩嗎？但其實他自己心裡是竊喜著女兒要求去吃牛老大，兩個多月前他才趁著兩個女兒畢業旅行去吃了神奇牛肉麵，並且在麵湯裡看見小時候阿母揹著他去批菜的情景，他也很想再有機會重溫兒時光景。

羅家父女的對話對牆角那對靈體來說，一則以喜一則以憂，喜的是可以出這個家門透透氣，憂的是祂們倆可得視時機上場表演表演。

「欸，你說這家人真著迷麵湯裡的幻影嗎？」

「大約是喔，不然哪會那麼熱衷光顧牛老大。」

「唉唷，這可會累壞我們倆啊！」

「也還好啦，上回我有瞥見麵店裡還有另外兩隻我們的同類，如果今天有遇見，可以招呼祂們一起來玩玩，祂們也才不會太過無聊。」

「牛老大那兒還有兩隻我們同類？我待會兒要仔細看看是怎樣的兩隻鬼。」

「喂，說人家是鬼，你自己不也是？」

「呃？」小個幽靈愣了一下趕緊轉移話題，「快啦，快啦，羅氏這家人都換裝完畢準備出門了，我們不趕緊跟上，就什麼都白搭了。」

就這樣羅家浩浩蕩蕩出門了，羅莉和羅蔓載欣載奔像前導一樣，領著推著嬰兒車的爸媽，不時回頭催促他們快一點。兩隻互相依偎在嬰兒車下方置物盤的精靈，又一次有了羅家人的感受，彼此對望一眼又都想到同一方向去，祂們想的是最好不要去投胎。

一群人鬧哄哄地進了牛老大麵館，小個幽靈開始鬼頭鬼腦的尋找大頭精靈說的另外兩個同類，大頭精靈則是好整以暇的瀏覽著麵館四處，晚餐時間上麵館來吃麵的人真不少，幾乎要滿座了。

羅氏一家等著工作人員招呼入了座，每個人都開始研究起打算點的餐食，好半天終於塵埃落定，羅軒疆曾經麵湯裡遇見童年的自己，那剎那即消失的阿母揹他去批菜的畫面，著實賺他熱淚，多少日子以來魂縈夢繫的是能夠再次重溫舊夢，於是想也沒多想，直接就在神奇牛肉麵那欄畫了一個一。

羅軒疆那一畫剛畫下去，羅莉就叫著：「我也要吃神奇牛肉麵，爸再多畫一碗。」

羅莉聲音剛落，羅蔓接著也要求羅軒疆再畫一碗，她也要吃神奇牛肉麵。推車底下置物盤裡的大頭精靈一聽差點昏死過去，這三個父女是怎樣？那麼喜歡回憶從前，從前真那麼讓人回味無窮？為什麼祂沒有？遇見小羅軒疆的時候祂是剛往生，靈體四處飄移之際，當時看到小羅軒疆備受姊姊們疼愛，常常忍不住就哀傷起來，想自己的童年命運多舛，幼稚園時被沒耐性愛生氣的媽媽一巴掌打斷右大腿骨；國中時被生媽媽的氣，卻不敢拿她怎麼樣的爸爸用皮帶鞭打，最哀的是皮帶的鐵扣實實的敲到額頭，留下了一個凹痕；高中時還在大年初九天公生那晚被爸爸趕出家門，那些年總會情不自禁的想著，自己到底是不是爸爸的孩子？

大頭精靈滿腹辛酸時，小個幽靈已發現另兩隻鬼影，並且飄去攀緣拉關係一番，此刻三隻小魔神仔飄來和大頭精靈組成一團，大頭精靈一看立刻放寬心，再不擔心何碧蘭也點神奇牛肉麵了。倒是這時聽到了一歲多的小昌昌「吃微角、吃微角……」的直嚷著，何碧蘭當然聽懂她這口齒不清的兒子想吃水餃，只是兩個姊姊還是故意激刺他：「吃嘴角、吃嘴角，吃你自己的嘴角啦！」

羅家人的水餃麵食一一上了桌，小昌昌圍著圍兜，坐在嬰兒餐椅，何碧蘭將小昌昌的餐具擺放他前面，再放進兩顆水餃，然後拿起隨身攜帶的小昌昌專用剪刀，將水餃剪開剪小，小昌昌握著專用小湯匙很認真吃起來。吃飯時刻只要能把小昌昌搞定，何碧蘭就能有餘裕也填填自己的胃。

桌子底下四隻小鬼相互竊竊私語，不外乎是小個幽靈和大頭精靈說起之前讓這家人看到過去影像之事。小個幽靈招來的新朋友，一個自稱歪嘴雞，一個則是臭頭貓。倒不是祂們的前生是雞是貓，而是一個特別挑嘴，生前總被家人揶揄是想吃好米的歪嘴雞，另一個則是在世時特別愛漂亮，特別重視打扮，家人給了一個貓仔的別號，可是不知怎麼的老天總故意讓她在炎熱夏天頭上生瘡長疔，也才有臭頭貓這個外號。

兩個新夥伴對於能讓人從麵湯裡看到過去的把戲躍躍欲試，都還沒搞清楚情況就不停搧風，大頭精靈真怕他倆搧得太過，正憂心忡忡時，吃麵的羅軒疆忽地心口一緊，很自然抬起手摸著自己額前那顆黑痣，這一摸忽想起小時候陪伴他的斗笠魔神仔，如果沒有那個斗笠魔神仔，阿爸和阿母忙著菜攤上的事時，菜攤後方孤單的他只能看著人來人往買菜的人群。

羅軒疆這心念一起，大頭精靈他心通的便感應到了，也想起就是那一天，他躲在阿疆阿爸、阿母的菜車底下，跟著到菜市場遊蕩，當祂去遊蕩了一圈回來，看到菜攤後方阿疆這個孤單小男娃，聯想到自己也是一隻沒伴的孤魂野鬼，當時一念想逗弄小阿疆，於是頂著菜攤後小推車上的斗笠動了動，沒想到竟讓那個阿疆嘻嘻笑開。不知為什麼當下自己竟跳得不能自已，就那樣一直動著，小羅軒疆呵呵笑個不止，他阿母聽到了笑聲抽空還回頭看了看他，看他盯著斗笠笑個不停，正在那時斗笠也動了一下，他阿母還說了句「阿疆啊，莫共瓜笠仔拍歹喔！」

那當下大頭精靈慌了一下，躲在斗笠之下一動也不敢動，好半天沒再聽到任何聲響，才從斗笠下探出頭來，倒是一時大意沒想到先隱個身，那小小一團略似透明又灰白，小羅軒疆看見了，小小孩的眼界裡沒有成人世界的稜稜角角，他只覺得小魔神仔的模樣可愛，沒頭沒腦直是摸著祂、拉著祂、搖晃著祂，大頭精靈也備感溫馨，忍不住便和小羅軒疆大玩特玩了起來。因為這樣的裸裎相見，從此小羅軒疆不再只是傻愣愣看市場內人潮來去匆忙，他已擁有快樂的基地和一隻非人伙伴。

近兩歲的小羅軒疆是在斗笠下見到大頭精靈，那之後他認定了只要拿到斗笠，就可以找到他的玩伴斗笠小魔神。

有一個晚上一家人都吃過飯，大姊和二姊正在廚房洗碗，阿爸屋外納涼，阿母浴間洗澡，大哥屋裡寫作業，客廳藤椅上就剩阿康和阿疆，幼稚園大班的阿康，一雙眼睛宛如沾上黏膠似的黏在電視機，阿疆則是盯著牆上掛著的斗笠看個不停，他想念他的玩伴，他想拿斗笠下來玩，他從藤椅上站起來，扶著椅背慢慢移動身體，但他實在搆不著，他一隻腳踩上了藤椅邊上扶手，另一隻腳懸空晃蕩，左手抓著藤椅背，右手不停在牆面上揮動，但那斗笠還是紋風不動好好掛在牆上。

無計可施之下，阿疆左腳也悄悄踩上藤椅扶手，然後兩隻腳一前一後都在藤椅光滑窄仄的扶手上，接著藝高人膽大的雙手摸上了牆面，左右揮動企圖撥下那頂斗笠，斗笠卻依舊不為所動定在自己的位置。阿疆不死心，踮起了兩隻腳，就這瞬間腳一滑生生摔下了地，隨即「哇」的放聲大哭。

阿疆這一哭驚天動地，屋外納涼的阿爸衝進屋裡，剛洗完澡的阿母來不及把身上的衣服拉平整，一隻腳穿了拖鞋，一隻則是光著腳的奔進了客廳，兩個從廚房趕來的姊姊，四隻手滿是水漬，揮撥不完，寫作業的大哥右手抓著鉛筆也來了。本來偎著牆角休息的魔神仔，也被這一驚一乍的情形給吵得加入了解行列。

擠進客廳的五個人看見側躺地上哭得淚人兒的阿疆，而端坐藤椅上的阿康則是臉上不解的表情，時而看看地上的阿疆，時而瞥一瞥電視螢幕，不必多想也知道，阿康只顧看電視，忘了阿母要他好好看著小弟的交代，等一下他少不了一陣皮肉痛。

這種戲碼每隔幾天就會上演一次，大姊、二姊和大哥很快退出旁觀行列，他們各有未完成的事待處理。

「阿康，阿疆是按怎跋落去？」阿母嚴厲問道。

「我哪會知？」阿康的眼睛還是離不開電視螢幕。

「汝毋知，汝干焦顧看電視，攏毋看顧恁小弟。」阿母的手揪起了阿康的耳朵，「電視會黏佇目睭是麼？」

被阿母拉得老高的耳朵快不是阿康的了，阿康雙手想去搶救自己的耳朵，卻被阿母一巴掌拍落，阿康也哭了，嚎啕哭聲不亞於阿疆，這下子小小客廳裡兩股不同頻率的小孩哭聲，魔神仔看著看著很同情祂的好朋友阿疆。

被阿爸抱起的阿疆，在阿爸的安撫之下漸漸停止了哭泣。

「阿爸惜惜，莫閣哭矣。」

「彼……彼……瓜笠仔……」頭仰得高高的，右手還伸得老長指著牆面。

「瓜笠仔？汝欲提瓜笠仔？」

「嗯。」

魔神仔一旁聽見，猛然想起自己和阿疆的初相見就是靠著這頂斗笠，阿疆莫不是想找祂、想跟祂玩？這孩子這麼想祂、念祂、想要跟祂玩，真是難為這孩子了。這樣一想，魔神仔決定投桃報李，此後都要好好對待祂這個人間小友。既然阿疆認定祂都在斗笠之下，那祂以後就不要四處亂跑，固定窩在斗笠裡面就好，只要阿疆想找祂，祂就能感應到。

日子一天天過去，阿疆將滿四歲前的某一天，斗笠魔神仔苦著一張臉跟小羅軒疆告別。

「阿疆，註生娘娘派催生官來催我了。」

斗笠魔神仔的話，讓阿疆完全丈二金剛摸不著頭緒。

「催你什麼？」

「催我去投胎。」

「什麼是投胎？」

「投胎……就是找一對爸爸、媽媽，讓他們把我生出來。」

「生出來？」阿疆還是似懂非懂，「像隔壁春仔嬸生出小娃娃那樣嗎？」

「對。」

「好耶，我就可以和你一起玩了。」阿疆拍著手喜孜孜的。

「嗄？」斗笠魔神仔苦惱著該如何讓阿疆明白，祂不一定投胎在阿疆認識的親戚朋友家裡，而且他們兩個一人一鬼早已玩在一起了，不是嗎？

雖說和四歲小孩說這些生生死死、死死生生的事，簡直自討苦吃，但無論如何斗笠魔神仔都覺得自己有義務要交代一切，好聚好散，不只是人與人之間相處該這樣，即便是精靈與精靈、精靈與人的互動，也應該秉持這樣的風度，所以祂還是不厭其煩的，一有機會就跟阿疆說明再說明，註生簿上標註了祂的去處，祂無從遁逃，時候到了就得去投胎處報到了。

臨別那日，斗笠最後現身阿疆面前，依依不捨告別：「阿疆，我走了，以後你得自己一個人玩喔。」

「你不要走，不要走啦！」

小羅軒疆求著魔神仔別走，可命定的緣，豈是祂小小魔神仔能左右的。

小羅軒疆的苦惱沒多長時間，接下來幾個月他看著他阿母的肚子一天天大起來，然後在他快五歲的時候生出了小妹妹，阿疆有了一個活生生的玩伴，也就慢慢忘了斗笠魔神仔。

此刻，羅軒疆埋頭吃著牛肉麵，小時候的往事一幕幕浮現，他沒想到竟然能想到那麼小的事情，突然間好懷念和斗笠魔神仔相處的那些美好時光。

人有愉快記憶，精靈也有精靈的歡樂；精靈會把一切妥貼存放靈識，人也會對許多美好記憶難以忘懷。

羅軒疆二度在神奇牛肉麵裡看到小時候，並且因此記起可愛的斗笠魔神仔，大頭精靈對這樣的發展興奮無比，祂期待被羅軒疆看見，但都苦於沒有適當機會，最重要的是沒有合適的媒介。

人的世道很多事情都在一個關鍵，關鍵是大頭精靈還沒思索出，祂與羅軒疆相認的關鍵詞或關鍵物到底是什麼。

中壯年羅軒疆肩負一家經濟，腦子裡除了工作就是家庭，尤其家有二女一子，這是他最甜蜜的負擔，每天在這些事情之間打轉，哪能勻出時間去想斗笠魔神仔的事。相對的，如今是靈族的大頭精靈，日日無所事事，羅家的溫馨趣味簡直是強力黏膠一般，將他黏得牢牢的，完全沒想要另尋出路。

羅軒疆想了好些天，有一日突然想到何不去買一頂斗笠回來，這樣說不定有機會再把斗笠魔神仔招來。

五　期待你我再相會

會坐、會爬、會喃喃自語以後的小昌昌，正是有趣階段，兩個姊姊喜歡有事沒事玩玩他，實在是他太可愛了，她倆尤其喜歡把小昌昌放進螃蟹車，再慢慢玩他。

「……妳都不知道，我弟弟坐在螃蟹車裡，我姊姊拿了我媽的緞帶，把我弟的雙腳綁在螃蟹車兩邊，我弟動彈不得的樣子真好笑。」羅蔓時不時就跟范慈倩分享。

「妳姊這是欺負妳弟弟。」

「我媽也這樣說，可我姊說她是在訓練我弟弟『定、靜、忍』。」

「真是慘無人道，妳弟弟受到非人待遇。」范慈倩雖是這樣說，但她心裡卻也覺得有趣，她同時還想到，從前她不曾這樣和小茲青玩，現在、以後都不會有這種機會。

羅蔓一次兩次分享她家小昌昌的生活狀態，想著是她把范家祭拜小茲青的巧克力帶回家，才有後來的小幽靈吵著要出生在她家的事，如果真是這樣，她家的小昌昌看到范慈倩應該會有似曾相識的反應吧！基於這樣的推論，實驗魂便又上了身。

星期五放學回家路上，羅蔓邀范慈倩到她家。

「慈倩，來我家現場看看我弟弟，妳就會知道他有多惹人疼了。」

其實范慈倩一顆想弟弟的心，早讓羅蔓給撓搔得奇癢無比，既然羅蔓邀他，週五晚上沒有補習課程，也就很爽快的答應了。

五月初，下午四點多，天還亮晃晃，才到家門口就聽見小昌昌嘰嘰叫的聲音，羅蔓瞥了范慈倩一眼，發現她正笑著。

「妳光是聽這叫聲，就知道我弟弟多活潑多瘋狂，我和我姊能不好好『治』他嗎？」

范慈倩偏轉過頭來撇嘴一笑，那神情是不以為然。

羅蔓按了鈴，媽媽來開門，看見范慈倩立刻熱情招呼。

「慈倩，好久沒來羅媽家玩，今天來了，就留下來吃飯，妳先打個電話跟爸媽說一聲。」

「媽，也得讓我們先進屋，慈倩才可以打電話啊。」

「喔。」

慈倩一進屋，小昌昌才看了第一眼，立刻像划船一樣弓著雙臂移動他的螃蟹車，快速奔向范慈倩，那一幕看得何碧蘭嘖嘖稱奇。

「唉唷，你也知道漂亮的慈倩姊姊來了，趕快來打招呼啊！」

羅蔓心裡的驚異是，小昌昌真是小茲青再來的，他知道慈倩是他的前世姊姊。

從范慈倩進了門，到她打電話去爸媽公司，再到坐下沙發，接過羅蔓遞給她的果汁和巧克力，小昌昌都偎在范慈倩腳邊，兩隻小手輪流去碰觸范慈倩，尤其熱衷要抓慈倩手中的巧克力。

「欸，你禮貌一點，一雙手摸來摸去，這是慈倩姊姊，不能沒規矩。」羅蔓拍掉小昌昌拉著范慈倩裙襬的手。

「妳好兇喔，羅蔓。」

范慈倩才這樣說，小昌昌好像有靠山似的，頻頻對羅蔓挑眉，宛如示威一般。

「你這小鬼，別以為慈倩姊姊這樣說，你就拿到一張護身符，沒這種事。」

即使羅蔓這麼兇小昌昌，可是人家范慈倩願意讓小昌昌膩著她，羅蔓也就不能硬是把小昌昌拉開，那可會傷了慈倩，也傷了她和慈倩之間的友情。

打從在門口看見范慈倩，小昌昌就有超熟悉的感覺，也就開始追在范慈倩腳邊上轉，時不時出個聲音吸引范慈倩的注目，要不就是一雙手老是想要抓抓慈倩衣裙。羅蔓從這幾個方面來看，小昌昌似乎也明白范慈倩是他的前世姊姊，他在前一世的時候，沒多少機會跟慈倩姊姊玩，慈倩姊姊在他這一世來了，就想要和她多相處一下，把過去的遺憾多少彌補一點。既是這樣，羅蔓沒理由阻撓，就來個順水人情，成人之美吧。

羅蔓冷眼旁觀這一幕，驀然醒悟那些羅莉轉述的柯雪碧所說的玄奇故事，也正在自家客廳上演。黃庭堅夢醒嘴裡還殘留芹菜味，散步時循著熟悉感一路找去，因而看到用芹菜麵祭拜亡女的老婦人，一番應對之後，恍然大悟老婦人是他的前世母親。眼前的小昌昌和他的前世姊姊，因為自己無心的捉弄，而能有機會以這樣的身分互動，也算是一樁無心插柳的美事。

「那天在妳家，妳弟弟真可愛，一直跟著我，想要和我玩，後來妳姊回來了，小昌昌也不理妳姊。」范慈倩神情愉快地說著：「說真的，我覺得我和妳弟很有緣呢，我也好喜歡跟他玩。」

「下次再找時間來我家玩，玩久一點嘛！」

「好耶！」

小昌昌是小茲青轉世再來這事，羅蔓沒跟范慈倩說破。羅蔓平常雖然看似粗枝大葉，關鍵處倒是極其細膩。羅蔓清楚輪迴轉世這種事，信者恆信，不相信的人會說妖言惑眾，為了避免太多人知道，然後出現各家說法，不如她就守口如瓶、三緘其口，就連家裡爸爸、媽媽和羅莉，他們都只知道是小精靈要求媽媽懷他、生他，並不敢確信那個小精靈就是小茲青。連小昌昌老是黏著范慈倩的事，爸媽也只是對慈倩說：「好有趣喔，小昌昌喜歡慈倩，你們兩個真有緣。」

范慈倩果然每隔一、兩週就問羅蔓，可不可以再去她家，羅蔓樂於為慈倩製造手足互動的機會，雖然這對手足跨越了昔時今生。慈倩每每在羅家和小昌昌也都玩得水乳交融，只有小昌昌自己很清楚也很享受，他的今生姊姊和過去生的姊姊，都是愛他的好姊姊。

買一頂斗笠回來的念頭，一日比一日更強烈的出現在羅軒疆腦海，羅軒疆於是規劃了一家五口來趟美濃行，嚐嚐客家菜餚，順路再看看有沒有斗笠可買回家。

說是皇天不負苦心人也不為過，當然也是羅軒疆心想事成，一趟美濃行一家五口皆大歡喜，就連一歲多的小昌昌也玩得不亦樂乎，這其中很大因素是小個幽靈和大頭精靈也跟出門，左右護法一般隨侍小昌昌身側，護佑之外還兼著逗弄陪玩，小昌昌因而一路嘻嘻笑，讓羅軒疆夫妻和羅莉、羅蔓四個人省心不少。

羅軒疆走國十，下交流道之前，羅蔓看到了路牌標示旗山，沒多想脫口就說出：「范慈倩外婆就住在旗山呢！」

車內瞬間冷了幾秒，羅莉率先開口：「那又怎樣？」

「爸，我們可不可以去看看慈倩的外婆？」

「妳知道慈倩外婆家地址？」

「我不知道。」

「下次向慈倩問清楚，有機會我們再去。」

羅蔓原只是想到，既然小昌昌是小茲青再入人世，他和范慈倩能夠一見如故，如果讓他見到前世的外婆，他會怎樣呢？外婆又會怎樣？

到底是她自己從沒想過記住范慈倩外婆家地址，以致錯過了這次最接近的機會，羅蔓心裡不無小小懊惱，不過這懊惱也因一家人出遊的歡樂，很快就煙消雲散了。

美濃行一家五口個個歡喜。斗笠是買回家了，大頭精靈三不五時就躲進去，羅軒疆也時不時摸一摸、拿一拿，可是兩個彼此想念的個體，竟然沒有辦法立在同一頻率上，每每總是擦身而過。

「你別氣餒，羅家爸爸就是想跟你再相會，才會去買一頂斗笠回來，你沒看見他常常去摸斗笠一把，他就是想看看你，你別著急，再等等，時機成熟時，你們就會相見了。」小個幽靈安慰眉頭深鎖的大頭精靈。

「老天也行行好嘛，難道沒看見我和阿疆這麼想念彼此嗎？」

「別著急，耐心等，好酒沉甕底，太急著相見，你就不怕食緊弄破碗嗎（欲速不達）？」

小個幽靈說的也是實情，現如今阿疆都在眼前，而且也有心想要再見見祂這個昔日鬼友，那麼就耐心再等等吧！

仔細一想小個幽靈說的不無道理，大頭精靈清楚自己都經過兩世了，早就不是當年和小阿疆初相遇的景況，不說彼此心境的大改變，就連整個世道又往前輪轉了四十幾年，早就不是以往交通沒如今方便，科技沒現時發達，物產沒當今豐富的年代了。現在所處環境的進化日新月異，而祂自己也兩度輪迴人道，整個氣場恐怕已不能與和小阿疆初相遇的景況同日而語了。

羅軒疆這頭也矇了，他實在弄不明白，都專程去把斗笠買回來了，為什麼那可愛小魔神仔還不出現，是不是還欠缺了什麼？

是什麼關鍵字嗎？會不會是瓜笠仔這三個字？因羅軒疆這樣想，於是二話不說朝著架子上的斗笠輕聲喚著：「瓜笠仔、瓜笠仔……」

那頂斗笠猶然靜靜，沒對羅軒疆的呼喚做出反應，一旁的大頭精靈早等不及的頻頻朝羅軒疆吹氣，無奈那氣息完全不成氣候，和羅軒疆完全對不上頻率。

「你有問題喔，對著斗笠喊，斗笠是會給你回應嗎？」剛進來的何碧蘭看見了羅軒疆這異常舉動，忍不住取笑了他。

「……」

羅軒疆無語愣住了，他小時候和躲在斗笠中的魔神仔成了玩伴的事，多少年來早忘得一乾二淨，是神奇牛肉麵讓他沉入深層記憶，這種事他如何跟老婆說得清呢？

算了吧，就讓她去取笑了。

有一天，鄉下的阿公和阿嬤帶來自家收成的酪梨，酪梨得等著外表呈現深棕色，才是熟透可以食用，所以兩老帶來八顆酪梨，兩顆外表青到不能再青，兩顆已經出現小棕色點點，再兩顆大半都黑褐色，最後兩顆則是整個是黑褐色，拿起來搖晃還聽得見果核震動聲音，兩老一進門就跟媳婦說：「這兩粒下暗就用來食，咱阿昌仔上愛食黃色的物仔。」

酪梨是好物何碧蘭知道，在中國叫做鱷梨，香港則說牛油果，是生長於熱帶的果實，現在酪梨已經移植到世界各地區。臺灣由於地處副熱帶氣候區，水分充足，很適合栽種，所以孩子們的阿公、阿嬤在自家園子裡也栽種了幾株。

如果隨便拿一顆酪梨給小昌昌，他一定看也不看的就反手推開，主要是因為酪梨那青綠色的外表，不是小昌昌鍾愛的黃。

「這是酪梨呢，你愛吃的酪梨，黃色的酪梨。」羅蔓才有心思這麼逗弄弟弟。

「唔唔唔……」

羅蔓再換個成熟能食用的酪梨給小昌昌，他一樣不多想就推開，實在是那近乎黑色的深褐色，不合小昌昌的意、不討小昌昌的喜。

「不識貨。」

倒是切開後的酪梨，就能引得小昌昌眼睛放光，一直向著黃澄澄的酪梨而去。

「不給你吃。」羅蔓故意挪開桌上那盤切好的酪梨。

「哇哇……吃吃……」

「這你就要吃。」羅蔓說著又拿起青綠色外皮尚未熟透的酪梨，「盤子裡的就是這個，這個就是黃黃的酪梨，知道嗎？」

小昌昌一樣推開看不到裡面的酪梨，羅蔓故意氣他，直往他眼前推去，小昌昌總像閃躲怪物一般的左閃右躲，然後一雙眼睛直勾勾的只盯看切盤的金黃色酪梨，然後尖叫，意思很明確，就是我要吃。

「你以為尖叫我就怕你了喔！」羅蔓看著小昌昌義正詞嚴的說：「用叫的沒有用，我們是文明人，用說的。」

小昌昌還是尖叫，羅蔓說：「用說的。」

「給他啦！」何碧蘭跟羅蔓說。

「用說的。給他啦！」

大家都沒料到小昌昌把兩句結合在一起，一起說了，惹得大家都笑了，羅蔓也就餵幾口酪梨給小昌昌。誰知小昌昌竟是食髓知味，欲罷不能，一直嚷嚷著要吃。

「吃、吃。」

「等大家都上桌吃飯再吃，有點規矩喔！」

何碧蘭處理酪梨的方式，一般就是切開去皮去果核後切塊擺盤，另外擺了一小碟蒜蓉醬油，沾著吃很美味，這種吃法最得阿公、阿嬤和羅軒疆的歡心。何碧蘭若要再講究一點，就是買一盒芙蓉豆腐，芙蓉豆腐也切塊和切好的酪梨一起擺盤，再將芙蓉豆腐所附的醬汁淋在上面，這種吃法孩子們比較喜歡。至於小昌昌，因為才一歲多不宜食用太多調味品，所以何碧蘭一律都讓他吃原型食物，他的小碗裡給幾塊切得小小塊的酪梨，再給一把他個人的小湯匙，好讓他挖著吃。

一歲七、八個月大的小孩處於剛使用湯匙的階段，常是抓握湯匙不得體，力道的控制也抓不到竅門，一旦有了挫折，可能就是拋下湯匙，直接雙手下去野人一般抓取了。小昌昌正在這種半獸半人階段，他專用湯匙常被他棄置不用，只因天然五爪他用得順手。

這一天小昌昌依然捨湯匙就天然爪子，兩手輪流抓取食物，吃下酪梨後小昌昌兩隻手掌滿是黃漬，大頭精靈歇在小昌昌兒童餐椅椅背，小昌昌轉過半身面對羅軒疆，一個不經意他一手摸到大頭精靈一把，另一隻手則伸出去摸了羅軒疆的手臂，一時間天雷勾動地火，大頭精靈正想著若能現出前前世的魔神仔模樣該多好，這時羅軒疆也一陣靜電上身，兩造不約而同看向小昌昌，這一看羅軒疆看到了兒時幽靈玩伴，那隻躲在斗笠裡面的魔神仔，他有好多好多話想跟斗笠魔神仔說，可卻如鯁在喉，一個字也吐不出來。

羅軒疆一雙眼睛看著飯桌上久別重逢的靈界朋友，千般思念只想一吐為快，可是現在正是用餐時間，太太和孩子們都沉浸在用餐的滿足氛圍裡，他若和一隻家人都看不見的魔神仔對話，雖說有過經驗的太太和兩個女兒不見得會嚇到，但總是太特立獨行了。

羅軒疆心裡這一個小劇場，看在大頭精靈眼中自然是明白的，於是祂飄到羅軒疆耳畔，跟他說了：「這麼久以來，終於和你再相逢，這以後我都會在斗笠裡，我們隨時都可以來一場寒暄，不急著這一時片刻，沒必要搞得你家人雞飛狗跳。」

羅軒疆看著大頭精靈，感動得兩眼微微發熱，誰說魔神仔都禍亂人間？這個當年的斗笠小魔神這般懂事、這般貼心、這般為人著想，能不對魔神仔好一些嗎？

羅軒疆和大頭精靈都明白彼此的思念，但所謂「忍一時風平浪靜，退一步海闊天空。」他們相互也都懂得。

當晚，何碧蘭上二樓哄小昌昌睡覺，羅軒疆把握時機啟動思念開關，他對著斗笠呼喊：「瓜笠仔。」

斗笠魔神仔似乎也等待多時，羅軒疆一喊，祂就現身，輕忽忽一團薄霧似的氣體，仍然是自己及年幼時的模樣。羅軒疆告訴斗笠魔神仔自己這四十幾年的生活，大頭精靈則是告訴羅軒疆，他四歲那年分別之後，祂投胎成為女生，可是那一世的陽壽只有四十年，四十歲那年，也就是羅家小昌昌剛出生的那段時間，因為一場車禍，又一次只剩下靈識。剛剛脫離四十歲女子的軀體時，某次偶然遇見了小昌昌的胎內靈體，不知怎麼的覺得很熟悉，於是就跟著來到羅家。

羅軒疆頓感彼此間的因緣真是不可思議，就他而言是很小年紀時，有了斗笠精靈相陪，日子才過得生動有趣，後來慢慢忙著功課，忙著各種人生大事，也就把從前事忘得一乾二淨。現在是因為生了兒子，兒子的靈識引來了斗笠魔神仔，才能久別重逢。

久別重逢一如久旱逢甘霖，都是讓人喜悅的事。

美濃行雖然沒能順道去旗山看范慈倩的外婆，但冥冥中老天似是清楚羅蔓的心思，那之後不久，外婆來慈倩的家，那天在學校慈倩告訴羅蔓這事，羅蔓就在心裡計畫帶小昌昌去慈倩家，讓他們兩個跨越了一世的外婆、外孫見見面。

「慈倩，妳外婆會在妳家住幾天？」

「外婆這次來是去探我姨婆的病，我也不知道會住幾天，我想應該不會太快回旗山吧。」

「那我找一天去妳家看看外婆，我很久沒看到外婆了。」

「好啊，以前妳跟我外婆很有話聊，外婆的兄弟姊妹都說妳比較像是我外婆的孫女。」

「嘿嘿……」

范慈倩的說法引得羅蔓落入回憶之中。那是羅蔓三年級剛和范慈倩同班，兩個人比鄰而坐，上課時有時偷偷傳遞紙條，有時擠眉弄眼一番，有時互相掩護偷吃糖果，同學情誼因此節節高升，很快就到情同手足地步，尤其范慈倩雖有弟弟，但養在旗山外婆家，在自家裡她形同獨生女，孤單得很。羅蔓則是生活在姊姊的陰影之下，總感覺家裡空氣稀薄，自己是缺少氧氣的孩子，遇上范慈倩，兩個人相互慰藉，反而成就了一對好朋友，也消散一些彼此心裡原有的落寞。

三年級上學期年假有長達九天之多，羅家不能免俗地也安排了出遊，新學期開學日因為年假關係略有延後，羅蔓因此有了空檔時間，某一日范慈倩打電話來邀她去家裡玩，她問過爸媽，爸媽都同意，爸爸還親自送她去范慈倩家。

「小蔓，要回家以前打個電話回來，爸爸再來接妳。」

「好，謝謝爸爸。」

那年范慈倩的外婆剛滿六十歲，范爸范媽為她慶祝一甲子生日。

羅蔓在范家看到三歲多的小茲青，模樣很可愛，但對范爸范媽很生疏，總是黏在外婆身邊。

「茲青，過來，來媽媽這裡。」

對范媽的呼喚，小茲青充耳不聞，繼續窩在外婆身邊，范媽進一步想過來拉他，小茲青倏地躲到外婆身後，緊緊貼著外婆後背，深怕一個恍神就被范媽拉去了。

羅蔓其實未滿十歲，看到這一幕，竟然百感交集，既同情范媽也不捨小茲青。

說這是現代生活部分縮影，也不為過。但這也是范爸和范媽的選擇，選擇影響結果，這是不爭的事實。

那天羅蔓大部分時間既陪小茲青，也陪慈倩外婆，和外婆說了很多話，說著說著不免抱怨爸媽比較疼羅莉。

「我爸爸和我媽媽都說姊姊成績好，都比較疼我姊姊。」

「不會的，每一個孩子爸媽都疼，只是方式不一樣。」外婆說：「像小茲青的爸爸、媽媽就是愛他，不放心給保母帶，才送到旗山讓我帶，他們就只能偶爾才能看到小茲青。」外婆撫了撫羅蔓的頭，接著說：「妳爸爸就是疼妳才親自送妳來，妳爸爸是不是要妳回家前打電話回去，他再來接妳。」

「外婆，妳怎麼知道？」羅蔓眼睛一亮，心想太神奇了，慈倩的外婆竟然知道這一切。

外婆笑笑，故作神祕。好半天一手攬著羅蔓，另一隻手摟著小茲青。

「因為妳們都是爸爸和媽媽的心頭肉，都是他們的寶貝，他們當然惜命命囉！」外婆最後一句是說臺語。

那一天因為和慈倩外婆這樣的互動，慈倩家的親戚都說羅蔓比慈倩更像是外婆的孫女，羅蔓心裡真是歡喜。

回家前，外婆拉著羅蔓的手說：「有時間和我們家慈倩一起來旗山外婆家，外婆帶妳去逛老街，去旗山糖廠吃冰。」

「好耶，謝謝外婆。」

無論什麼關係，只要放在心頭了，就會期待再相見。

羅蔓和范慈倩的外婆是這樣，羅軒疆對斗笠魔神仔也是這般心情。

儘管現在小個幽靈是喊祂大頭仔，但這些羅軒疆並不知情，和羅軒疆敘舊時，大頭精靈就讓羅軒疆斗笠魔神仔的喊著。已經兩度遇見羅軒疆的大頭精靈，當然清楚人生而在世，是因著業力牽引而創造出不同的生命歷程，自己在兩世之前一定還有很多過去世，但過去已過去，不必再耗費心神去記掛，未來也必然是依著前一世所造的業，去開啟另一個生命。只是大頭精靈深怕羅軒疆又像兒時那樣，到了該離別時苦苦拉住他，不放他走。

某一天夜晚羅軒疆睡不著，想起兒時玩伴斗笠小魔神仔，於是趁何碧蘭熟睡下樓找斗笠魔神仔聊聊。

一來是大頭精靈感覺重逢之後，近來羅軒疆有過度依賴他的情勢，這顯然不是好現象，二來是送子娘娘身邊的副將頻頻來催，該要做好心理準備要進入下一世了。

「阿疆，我是沒辦法再和你相處很久，有一天我還是要去投胎。」

「這我知道，有一天你會離去，所以我才要趁現在你還在，想看你、想和你說說話時，就來找你、和你多聊聊。」

羅軒疆到底是成人了，十分明白，自己還哼了：

再會、再會，難分難離在心底，那知時間又經過，不敢說出一句話，雖然暫時欲分開，總是有緣來作伙，只有真情放心底，期待你我再相會。

下卷　寶貝黃

黃色小鴨在二〇一三年九月十九日首度巡迴臺灣，第一站進駐高雄光榮碼頭，雖然沒多久遇上颱風，小鴨洩氣了幾天，但熱度依然不減，儘管巡迴只是短短一個月而已，但還是造成極大轟動。大約是太過轟動了，同年十月在桃園，十二月在基隆也巡迴了，滿足更多臺灣民眾。

當時羅莉剛升上小五，羅蔓還是低年級半天課的小學生，羅軒彊夫妻也不例外地帶著兩個女兒去光榮碼頭朝聖，也各買一隻黃色小鴨給她們，還好女兒們都很愛護各自的玩具布偶，幾年下來了，黃色小鴨除了舊了一點，一切安然無恙。有了弟弟之後，兩個姊姊也很大方地分享各自小時候的玩具。

「幹什麼把黃色小鴨抱緊緊的？」羅蔓問一歲半的小昌昌。

「緊緊的、緊緊的。」

「你九官鳥啊？」

「鳥啊？」

「厚，我真服了你了。」羅蔓一手按著前額，大有被小昌昌打敗的感覺。

剛過一歲半，快一歲七個月的小昌昌，來到了說三個字的階段，只跟著句尾三個字說，常鬧出不少笑話，兩個姊姊拿他沒辦法，但有時又被他搞得哭笑不得。

「小昌昌，你搞清楚喔？你姓羅，不姓黃。」

「不姓黃。」

「你不姓黃，你姓羅。」

「你姓羅。」

「是你姓羅。」

「你姓羅。」

「噢，你是三字人啊？」

「字人啊？」

「天哪，我敗給你了。」

「給你了。」

「給我什麼？拿來。」

「摸拿來。」

「摸什麼摸，你啊！」

「摸你啊！」

「哈哈……」羅蔓捏了捏小昌昌鼻頭，「小色胚。」

「妳又不是不知道他只愛黃色。」羅莉接下去說。

「愛黃色。」

小昌昌冒出這三個字，更是讓兩位姊姊大笑不已。

日子一天天過去，小昌昌即將兩歲，話說得可流利了，拗起來簡直一頭驢，何碧蘭都說明明生的是處女座小娃，怎會驢成這樣，可別將來真讓他有機會表達意見時，也來個口沫橫飛，說得頭頭是道，卻偏偏都是歪理。

所有小昌昌想要表達的都不離一個顏色，就是黃色，小小兩歲娃，自主性高得很，買鞋要黃色的，衣服要黃色的，凡他所要的玩具布偶，都得是黃顏色。

一　茄芷袋裡老魔神

話說小昌昌學會走路也正「鸚鵡學話」的一歲三、四個月時，羅莉剛剛進入了國三衝刺期，學力測驗在前方等著她，每天溫書複習都覺得時間不夠支配，也就較少去逗弄小昌昌。

光陰推著大家一直往前，這一年過完年，進入春季的三月天，羅蔓的小學生涯也逐漸走向尾聲。她和范慈倩、胡媄媄、李紫嫻、何一鳴五個人還是嘰哩呱啦小團體的好麻吉，嘰哩呱啦這團名是班上同學給取的，意思是說他們五個人下課時很吵，總是嘰哩呱啦個不停，有一回羅蔓反嗆回去，「可別哪一天我們五個人的團體出名了，你們這些人還得拿錢買票來追星，哼，看人家普普，我還看你們霧霧咧！」

同學向來愛以羅蔓名字的臺語諧音「鱸鰻」（流氓）揶揄她，久了她也不客氣的樂當「鱸鰻」，經她這回嗆，同學再不敢多說什麼了，倒是他們五個人還真享受嘰哩呱啦這個團名。

學程進入小學最後一個學期，范慈倩在爸爸、媽媽安排之下，在幾人之中率先到補習班上國一先修班的課程。

「這麼早啊？妳爸媽這麼早就送妳去上國一先修班，有必要嗎？」回家路上何一鳴在聽到范慈倩說法後，露出不可思議神情。

「人家范慈倩是她爸媽的寶，她爸媽疼她，怕她進國中之後功課太多消化不良，現在先慢慢吸收，哪像你爹不疼娘不愛的，你媽的早餐都還要你買回家放著，你媽怎會像人家范爸范媽給出這麼多關心。」

胡媄媄的酸言酸語奈何不了何一鳴，何一鳴早練成金剛不壞之身，笑笑不當一回事的讓胡媄媄整串說完，滿足了她的發表慾。

「妳不要這樣啦，傷了何一鳴的心、肝、脾、肺、腎，他現在沒一處器官是好的。」羅蔓玩笑說著，讓氣氛輕鬆一點。

「我還真被胡媄媄傷到體無完膚了啊，妳們看，我的雙手雙腳。」何一鳴自己加碼調侃自己，伸出一雙不少痘疤的手，引來四位女生哈哈一笑。

這件事羅蔓回家後轉述給家人聽，羅莉對范家爸媽的作法大表讚賞，「范爸范媽很有遠見呢！」

「所以我也應該要去上國一先修班囉！」這話像是徵詢家人看法，但其實羅蔓本身已有定見了，「爸爸，好不好，我也跟范慈倩一起去上國一先修班？」

「妳會自己要求要去上上國一先修班，顯然妳對自己的國中課業有一番想法，爸爸支持妳。」羅軒疆停了一下接著說：「妳要和范慈倩上同一個補習班嗎？爸爸得先去參觀了解一下喔！」

就這樣羅蔓在六年級下學期第一次段考後，也報名了和范慈倩相同的補習班，開始她的國一先修班課程。羅蔓在升上高年級之後，對自己的學習有了一番和之前不同的看法和做法，讀書時她全神貫注，務求一心不亂的吸收；休息時她則會完全放鬆，把課業暫時拋在腦後。所以閒來沒事她的最愛，就是幫著媽媽照顧一歲七個多月的弟弟，美其名是照顧，其實是捉弄弟弟、玩弟弟、整弟弟。

拿麥克筆在小昌昌臉上畫皺紋畫鬍鬚已經是小巫，現在的羅蔓會把小昌昌帶到四樓休閒室，有時是自己躺在地上先示範仰臥起坐，正在有樣學樣階段的小昌昌，發揮了最高模仿精神，主動跟著躺下地，轉頭看向側邊的姊姊，也跟著做起仰臥起坐，只是年紀還小，除了動作不確實，還因起坐這動作而歪東歪西的。

「底迪，看好，是這樣，不要歪來歪去的，你毛毛蟲啊？」

「毛毛蟲、毛毛蟲。」小昌昌兀自扭來扭去，也興奮地唸著。

有時羅蔓是丟飛盤讓小昌昌去撿，剛學會走路不久的小昌昌，一扭一扭的往前奔去的模樣，宛如踩高蹺一般有趣，羅蔓常常看得笑到東倒西歪。

「呵呵……」

撿回飛盤的小昌昌也跟著笑呵呵……

「你知道我笑什麼嗎？」羅蔓戳了小昌昌一下。

「什麼嗎？」

「我是媽啦！」不太放心的何碧蘭隨後也來到四樓。

一個是抓著人家語尾鸚鵡學話一般，一個是狀況外偏要跑進狀況裡，羅蔓大搖其頭，敗給這對母子了。

有了小昌昌這個金孫，已經高齡逾八十的阿公和阿嬤，三不五時就不辭辛勞的從屏東鄉下搭客運再轉乘火車到高雄來。雖然之前兩人賣菜的市場攤位已經轉讓出去，但自家還有一塊小小園地，兩老還是十分勤勞，除了種下各色蔬菜，也栽植了幾棵果樹，每次羅軒疆都再三請求阿爸、阿母人來就好，不要再負重帶東西來，他實在不忍心讓老人家千里迢迢拖拉了一堆蔬果。

可是老人就是疼子愛孫，哪聽得下兒子的說詞，每回來還是帶來了自家栽種剛成熟的蔬果。幸好何碧蘭有先見之明，早就幫兩位老人家準備了一部買菜用推車，外觀和行李箱差異不大，老人家只要把物件放進推車裡，拉著推車走，因推車下方有四顆輪子，也就不需耗費太多力氣了。

自從聽過小兒媳說起小昌昌最喜歡黃顏色的東西，兩老畢竟人間闖蕩夠久，明白投其所好是最佳方針。每回來小兒子家就大多帶來黃顏色蔬果，番薯、香蕉、鳳梨、木瓜、南瓜和酪梨輪番現身。幾樣食物中，小昌昌特別對球體狀的南瓜感興趣，總把南瓜當球玩，在客廳裡滾過來滾過去，大頭精靈和小個幽靈常常閃避不及被壓個正著。

有一回兩位老人家除了拉來一推車蔬果，阿嬤還另外提了一只茄芷袋，茄芷袋裡裝著已成熟怕壓爛的香蕉，誰都不知道那之中竟然躲著一隻聽得懂日語的老魔神仔。

那一天阿嬤把茄芷袋裡的香蕉拿出來時，跟著飄出一隻鬼影，滿屋子的人不具靈性，感受不到，除了小昌昌稍微有感之外，就屬大頭精靈和小個幽靈兩隻鬼靈，眼尖立刻看到輕霧般的鬼靈，兩隻魔神仔立刻靠上前去，一則問明來意，一則宣示祂們倆的主權。

「你從哪來的？」

「初來乍到，請多多指教。」是個頭和小個幽靈差不多的魔神仔，看起來有點蒼老。

「欸？這個是古早亡靈嗎？」大頭精靈和小個幽靈對看一眼。

「你怎麼會跟著來這裡？」大頭精靈進一步問道。

「這兩位老人會說日語，我一歡喜就跟去他們家，然後又跟來這裡。」

「會說日語？」大頭精靈這麼問的同時，也記憶庫裡找尋前一世小羅軒疆的時代，自己有沒有聽過阿疆的阿爸和阿母說過日語？

好像有又好像沒有，不管了，這之後再傷腦筋，現在先弄清楚新來這隻的來歷。

「你是日本鬼啊？」小個幽靈問的可直接了。

「嗯……不算是，不過……也可以說是。」新來的老魔神仔支吾其詞。

「說這什麼啦，說了等於白說。」大頭精靈有點冒火。

「對嘛，是就是，不是就不是，什麼叫不算是也可以說是。」小個幽靈也火了。

「啊我就出生在日本治理臺灣的年代，那個時候的臺灣人都被歸做日本人啊！」

「嗄？」大頭精靈和小個幽靈同時驚呼了一聲。

「你從那個時代到現在都沒再去投胎嗎？」小個幽靈直指要害。

「嗯。」

老魔神仔靦腆得點點頭，這引起大頭精靈和小個幽靈的好奇心，尤其是小個幽靈近期都在思索研究這件事，於是祂追著再問：「你怎麼做到的？」

大頭精靈同時也插進一問：「你從那個時候就都在兩位老人身邊？」祂問完才想到如果是這樣，那自己在阿疆小時候進駐阿疆家的時候，怎麼不曾見過這隻老魔神仔。

「我本來在別的地方，可是那戶人家會說日語的人一個個往生，繼續待在那個家庭我會萎靡不振，有一天飄到市場，正巧這位羅老先生在對太太說日語，我實在太高興了，緊緊跟著他們，一直到現在。」老魔神仔話匣子一開就停不下來，祂繼續回答小個幽靈的問題。

「我也不知道為什麼我沒再去投胎。」老魔神仔滔滔說著：「會不會是我一心沉浸在我曾經熟悉的那個年歲，沉得太深，註生處也忘了我，我就這麼成了孤魂野鬼了？」

新來的老魔神仔這樣的解釋，小個幽靈和大頭精靈也都能明白，只是那個世代祂們不曾躬逢，但再深入一想，說不定自己也是從十九世紀，甚至十八世紀，或者更早的年代而來，只是年代太久遠了，輪迴再輪迴之下，古早記憶可能被壓縮在很底層很底層的地方。兩隻精靈這時不約而同想到，難不成祂們這兩隻魔神仔，如果想了解從前的事，也要像羅氏一家人那樣去吃神奇牛肉麵了？

說到神奇牛肉麵，大頭精靈和小個幽靈不久前達成一個共識，羅家人都在神奇牛肉麵湯裡見到從前的事，各自療癒了心靈，祂們倆一致認為羅氏一家不需要再從神奇牛肉麵裡找慰藉，因此決定再也不隨羅家人去牛老大那裡，祂們就安安靜靜守住家裡的每一個角落，默默陪伴這一家人。

另有一個很重要的原因是，祂們倆在牛老大麵店結識的那兩隻歪嘴雞和臭頭貓魔神仔，交流幾次之後，大頭精靈和小個幽靈都感覺那兩隻不單純，靈思總會觸及邪惡邊緣，好比祂們在幫忙大頭精靈和小個幽靈搧動麵湯時，臭頭貓會故意摳幾粒祂的臭頭疤進麵碗，掉進誰的麵碗誰倒楣，大頭精靈曾經向祂反映並制止，沒想到臭頭貓卻大言不慚道：「麵碗裡多了這一味，麵湯添香，不好嗎？」

「對嘛，再說他們也察覺不出。」歪嘴雞也附和說道。

歪嘴雞說這話時大頭精靈和小個幽靈都發現祂的嘴真的是歪斜的，彼此心裡都浮起一絲絲不敢苟同與嫌惡。人類世界裡都說「龍交龍，鳳交鳳，隱痀的交侗戇。」（比喻朋友物以類聚）歪嘴雞和臭頭貓之所以那麼喜歡待在牛老大麵館裡，恐怕就是想要伺機使使壞心眼，這般狼狽為奸的角色，大頭精靈和小個幽靈識破之後也不多說什麼，有道是「鍾鼎山林，人各有志。」祂們雖是鬼靈，但也不能失了分寸，再說無論人界鬼域，雖是殊途，但隨身的業都是因著自己去創造、去化解，人或鬼都可以掌握動機和決定行動方式。

大頭精靈和小個幽靈都自感安慰，慶幸能彼此相遇，祂們兩個磁場相近、頻率雷同、秉性相差不遠，所思所想和所做的，都是與人為善，盡自己所能陪伴襄助有緣遇上的人類。

小個幽靈記得前一世家裡的阿嬤是虔誠佛教徒，那個阿嬤讀過一本書，書裡有兩句佛陀說過的話，分別是「業，創造一切，有如藝術家；業，組成一切，有如舞蹈家。」

小個幽靈把這話和大頭精靈分享，大頭精靈牢牢拉著小個幽靈感性說道：「遇到你真好，我不但能跟著你一起做好事，你還分享這麼重要、這麼好的道理給我，我真幸運，謝謝你喔！」

大頭精靈這一說讓小個幽靈難為情了起來，祂拍拍大頭精靈，客客氣氣地說：「所謂有緣千里來相逢，羅媽放給小昌昌聽《三字經》CD裡的『人之初，性本善，性相近……』我們本性相近，相處起來不會彼此猜忌、爾虞我詐，那是你性子好，好相處，我也謝謝你，幽靈路上有你真好。」

祂們兩個也知道靈界和人界一樣，良莠不齊，善類固然有，但也不乏敗類，好似必得如此才能平衡生態。祂們既然無法把臭頭貓和歪嘴雞引導成好幽靈，那麼就敬而遠之，不和祂們接觸，免得久了近朱者赤、近墨者黑了。

大頭精靈和小個幽靈倒是很想要學習，阿疆屏東鄉下老家那隻聽得懂日語的老魔神仔，老魔神仔堅定不動搖的意志，那才是珍貴的自我資材。

「小個啊，現在家裡有斗笠，羅家爸爸如果朝著斗笠呼喚我，就是他想我，想跟我說說話，我就一定會在他面前現身喔！」大頭精靈的自陳，不過是要告訴小個幽靈，如果祂跟羅軒疆見面，只是順其自然，並不是故意搞花樣。

「那是自然的，我不會怎樣啦！」小個幽靈除了正經八百凸顯自己大器，之外也再次和大頭精靈約法三章：「對於羅家其他人，我們就都不要現身，以免干擾他們的生活。至於小昌昌，那是他還小，他的靈自然能與我們相通，他是另當別論的。」

小個幽靈還有一個很大的課題，祂對老魔神仔能夠數十年持續遊蕩人間這事極感興趣，祂想要的便是能夠就此都窩在羅家，哪兒也不去，最好也包括不去轉世投胎。

聽得懂日語的老魔神仔好幾次都想跟大頭精靈表明，自己就是當年大頭精靈要去投胎前，祂正因聽到阿疆阿爸對阿母說了日語，而一路從市場尾隨回家的吹翻滾魔神仔。

第一次跟阿疆的阿爸、阿母來到阿疆的家，看到大頭精靈時有著似曾相識的感覺，但卻有幾許陌生感，祂不敢貿然和大頭精靈相認。幸好一回生二回熟是不滅定律，多來幾次祂從大頭精靈熱心熱情的習氣裡，認出是那個被催著去投胎，在投胎路途上正巧遇見祂，把握在最短時間交代阿疆生活大小事的鬼靈。老魔神又一次臣服在因緣之下，自己累世以來抱持不做惡，這是好因，老魔神明白因就是主要的原因，緣是助緣，是彼和此的空間關係。就如同阿疆的阿爸、阿母栽種蔬果，得要仰賴天候、氣溫、水分、陽光和土壤的幫助，種子是因，緣就是幫助這顆種子發芽成長；如果播種的土地貧瘠乾旱，那便是空有因，卻沒有遇到好的緣，可能就發不了芽、長不了果。祂和大頭精靈和阿疆都因為有善的助緣，才能相遇又相逢。

可是老魔神每次跟阿昌的阿公、阿嬤來到高雄，小昌昌都知道，畢竟他八識田中還留有些許靈識，看著大頭精靈和小個幽靈跟老魔神仔交流，他也不甘寂寞地扭著扭著走了過去，但老魔神仔和小昌昌不熟，少了襄助的緣，總是小昌昌一靠近，他就自然飄閃到遠處。

偶爾看到大頭精靈、小個幽靈和小昌昌玩得趣味橫生，也會想要上前試試，但一身老靈魂，也不知道該怎麼介入。

至於阿公、阿嬤只是看到小昌昌推著南瓜滿地滾，看不見的是大頭精靈和小個幽靈故意走避不及，讓南瓜滾過身體，瞬間被壓成薄薄一片，小昌昌一開心笑得前仆後仰。

這種時候，老魔神總比南瓜滾到跟前早一步閃到旁邊，雖然祂深知祂們靈界物種並無形體也無痛感，但祂自來的信仰是和平共處，彼此相安無事才是最佳境界。因此祂又會對阿疆家裡這個小男孩的行徑不敢苟同，怎能樂在捉弄呢？無論人或靈都不應受到這樣的對待。把自己的快樂建築在別人的痛苦之上，是最不可取的。

羅家人也都看糊塗了，羅軒疆認為小昌昌有踢足球的天分，自顧自地說著：

「小昌昌，我們長大要學踢足球喔！」

「小昌昌喜歡南瓜啊，以後媽媽常煮南瓜給你吃喔！」

兩個姊姊所能感受到的是，再一次確定弟弟眼裡只有黃色。

「小色胚，眼睛裡只有黃色。」

阿公、阿嬤對自家種的南瓜能讓金孫如此快樂，是他們始料未及的事，樂不可支之餘自動承接了一樁業務。

「後擺逐擺來攏共汝提金瓜來。」兩老抱定此後每次來阿疆家都要帶來南瓜，只因他們的金孫喜歡。

大頭精靈和小個幽靈不甘心老是因為南瓜成了薄片鬼，總齊心協力要向小昌昌討公道，小昌昌人小鬼大和祂們耍心機。

「不要玩這樣的。」

「不然要怎麼玩？」

「老是讓南瓜滾過我們，換我們把南瓜滾向你。」

「你們能嗎？」

小昌昌的靈識和兩隻精靈溝通暢通無比，再不是童言童語的三、五個字。冷靜想想，這一向也是因為有兩隻精靈的相陪，日子才過得有趣，不然一個姊姊忙著國三學力測驗，另一個姊姊也忙著她的國一先修班課程，能陪他玩的時間少之又少。既然兩隻魔神仔居功厥偉，一直欺負祂們也說不過去，怎麼向祂們表示歉意呢？

小昌昌的靈想到該要盧媽媽煮南瓜，好讓兩隻魔神仔也能聞聞南瓜香，嚐嚐南瓜味，於是推著一顆南瓜搖晃到何碧蘭跟前。

「你推南瓜來給媽媽做什麼？」

「吃吃……」

「你想吃南瓜啊？」

「嗯，吃南瓜。」

「好，媽媽煮南瓜給你吃。」

「瓜給你吃。」

南瓜到手，何碧蘭能夠南瓜泥、南瓜派、南瓜粥輪番上陣，小昌昌吃得好不快樂，每每吃得兩隻手滿是南瓜泥，兩個姊姊看了說噁心，可因為小昌昌到處亂揮，大頭精靈和小個幽靈當成是和祂們玩，也就玩得不亦樂乎。

有一回何碧蘭炒了南瓜米粉，又做了南瓜盅，那一餐人鬼皆大歡喜。

「媽媽炒的南瓜米粉真好吃。」羅蔓說。

「米粉真好吃。」

小昌昌說法姊姊不滿意，反覆教他說：「是南瓜米粉真好吃。」

「米粉真好吃。」

「是南瓜米粉真好吃。」

「米粉真好吃。」

「厚，是，南瓜米粉真好吃。」

「南瓜米粉真好吃。」終於對了。

「對，就是這樣，是南瓜米粉真好吃。」羅蔓不吝惜讚美小昌昌，「小昌昌，你很棒。」

之前常被南瓜壓成精靈薄餅的兩隻精靈，托小昌昌的福，也享受了南瓜的各式料理，大飽口福之餘，還常吃得肚子圓滾滾的，兩隻精靈還會互相吐槽取笑。

「大個仔，瞧你吃得腦滿腸肥的，真沒氣質。」

「你好意思說我，你自己都吃成一顆球了，叫小昌昌把你當球滾。」

「拜託兩位，你們這是『龜笑鱉無尾，鱉笑龜粗皮。』（半斤八兩之意）」

小昌昌一出聲，說中大頭精靈和小個幽靈意圖，兩隻魔神仔立刻閉上嘴，不再相互抬槓。

精靈也喜歡有新夥伴，但喜歡聽日語的老魔神仔可不是就此住了下來，畢竟在羅軒疆家裡也沒人會說日語，如果祂住下來，當祂想念從前時，就沒有可以稍微一解鄉愁的憑藉，而住在鄉下的阿公和阿嬤，因為出生在日治時期，兩人都受過日本教育，即使到了現在民國一〇八年，日常生活對話也還是穿插著日語，老魔神仔經常能聽到也解了相思，所以祂婉拒了大頭精靈和小個幽靈的邀請，祂寧願隨著小昌昌的阿公和阿嬤一路顛簸而來，兩位老人家來的時候祂才跟著一起來，兩位老人家要回去時，祂又是趕緊鑽進阿嬤的茄芷袋裡面，跟著再回去鄉下。

二　歪嘴雞想吃好米

長到將近兩歲的小昌昌，飲食大致上已是三餐跟著家人一起享用，只是他的食材會特別處理，得要軟硬適中，適合他的牙齒構造並方便咀嚼。現在的小昌昌已不是奶娃了，牛奶是早上醒來的時候，和晚上睡覺前各喝一大杯，而且是經過微波的鮮奶。

何碧蘭是特別用心照顧小孩的媽媽，思維裡總想著怎樣養出頭好壯壯的孩子，身高體重不需是同齡孩子的前標，但也不希望是墊底的底標，所以小昌昌午睡起來，何碧蘭還會準備一個下午茶點心，通常不是水果，就是蒸蛋，不然就是布丁。

說到水果，小昌昌正應驗了臺語俗諺說的「歪嘴雞想吃好米」（比喻自身慾望過大，又愛挑剔。）

蓮霧盛產時期，何碧蘭買回一些，小昌昌午睡醒來，先取出兩顆洗洗切切，切成一小口一小口放進小昌昌專用碗。

「小昌昌，來，吃蓮霧。」

剛開始小昌昌興沖沖的用小湯匙鏟起一小塊放進嘴巴，才咬了沒兩下就做勢要吐出來。

「欸，不行吐。」何碧蘭趕緊用手掌包覆小昌昌的嘴，讓他無法遂願，接著又說：「好吃喔，媽媽買這個是黑珍珠呢！」

「唔唔……」

小昌昌唔了半天，因為嘴巴被媽媽擋住，無法吐出口中那一小塊蓮霧，時間一久也就咬著咬著吞下去了。何碧蘭也感覺到小昌昌已經吞了那一塊蓮霧，於是放開手掌準備再挖一塊給小昌昌。這回小昌昌機靈了，左右閃躲，嘴裡還說著：「蓮霧，不要；蓮霧，不要。」

「好吃呢！」

當媽媽的還是不死心，和小昌昌彷彿進行著一場殊死戰，大頭精靈和小個幽靈看著這一幕母子鬥智鬥法，各有一番想法。

「這個小昌昌真是身在福中不知福，有得吃還挑，黑珍珠貴森森，想我的前前世爸爸忙著工作賺錢，媽媽忙著她的交友玩樂外務，我是家裡有什麼吃什麼，軟爛的香蕉、芭樂照吃不誤，我要能有黑珍珠可吃，早就樂歪歪了。」

「別這樣比啦！人比人氣死人，沒聽過嗎？何況你現在已經不是人了，而且你說的那些事是發生在你的前世再前世，早該放下了，不然未來帶著這樣不美好的記憶再去投胎，那是會干擾你整個生活步調，你這個往回看的習氣，不好啦！」

「我也知道過去已過去，要放下，但真要做到還是有點難度。」

「是有難度，但凡事往前看，未來可期啊！」

「欸，小個仔，你這是從羅莉那裡學來的吧！」大頭精靈聽得耳熟，似乎自己也曾經目睹過，再一想，想到那是羅莉國文課程補充講義裡的一段文字，小個幽靈說來臉不紅氣不喘，不過是拾人牙慧罷了。但從另一個角度來看，小個幽靈還真是全副精神都在現在，祂從來不提祂的過去世，所以大頭精靈完全不知道祂前世到底如何。大頭精靈總是提了前世還要再提前前世，說好聽一點是滿滿回憶難以忘懷，不過說到底是糾結纏縛在過往那些，如今是煙、是塵、是虛無的事，小個幽靈聽多了都覺得還真是沒必要。

被大頭精靈說破引用來自羅莉的教材，小個幽靈不好意思的咧嘴笑笑。

「你善於活用日常所有學習，這是我得好好向你學習的地方。」大頭精靈接下來是稱許，小個幽靈的尷尬這才消散。

「快別這麼說，咱倆互相提攜，一起成長。」

兩隻精靈再回頭一看，何碧蘭已經舉雙手投降了，和小昌昌這樣亂鬥一場，真難為四十好幾的她，此刻已經累得像條老狗直喘氣。

「呼、呼……算了，你不吃就算了。」

「吃……」

「要吃好啊！」

何碧蘭一聽到吃這個關鍵字，一時興起又舀起一塊蓮霧，企圖送進小昌昌嘴裡，哪知關鍵時刻小昌昌吐出了三個字「吃櫻桃。」

何碧蘭頹然放下手上那塊蓮霧，大大吐了一口氣，再以右手食指戳著小昌昌前額，語氣酸中帶甜的說著：「你喔，歪嘴雞想要吃好米，你也知道櫻桃是好物啊，櫻桃很貴呢，爸爸賺錢很辛苦，不是你想吃櫻桃就有櫻桃。」

「吃櫻桃、吃櫻桃、吃櫻桃……」

「沒有櫻桃、沒有櫻桃、沒有櫻桃……」何碧蘭也學著小昌昌，同時在小昌昌眼前揮舞左右手掌。

何碧蘭想，小昌昌這孩子真懂吃，櫻桃這種不便宜的水果，除了人家送禮來，她是從沒買過，實在是掌理這個五口之家，兩個就學中的女兒，一個正在成長發育的小小孩，每一筆花費都省不得，累積下來也是一筆非常可觀的數字，她每天記帳，掐掐算算也沒能有多少剩餘。

何碧蘭以為小昌昌是圖畫卡片上認識了櫻桃，因此而愛上了櫻桃。殊不知是有一個週末范慈倩來家裡玩，提到黃昏時外婆會到她家，因為要去探望慈倩的大姨婆。羅蔓一時興起，想著小昌昌的前生是小茲青，如果帶他去范慈倩家，他看到慈倩的外婆會怎樣呢？她很想目睹那種畫面，於是求著媽媽把小昌昌放在娃娃車，讓她推去范慈倩家玩。

「媽，好啦，我和范慈倩會照顧底迪的。」

「羅媽，才隔兩條街，我和羅蔓會小心推小昌昌的。」

「媽，慈倩的外婆等一下要來她家，我帶底迪去給外婆看看。」

「看小昌昌？慈倩的外婆？」何碧蘭矇了，為什麼要帶小昌昌去給慈倩外婆看呢？

「羅媽，我之前跟外婆說了羅媽又生了一個底迪，很可愛，因為我外婆會想我底迪，所以羅蔓想帶小昌昌去給外婆看看。」

「喔……」

兩人求了半天，原來是為了緩解慈倩外婆失去外孫的失落，一向善心的何碧蘭是願意讓小昌昌去給慈倩外婆看看抱抱，但她又實在不放心讓兩個十二歲女孩，推著羅家阿公、阿嬤視作「糖霜丸」（心肝寶貝之意）的小昌昌，走在車水馬龍的街上。雖說她家和范家之間這兩條街，算是安靜住宅區，來去車輛不多，但生活中總有許多難以預料的事發生。

何碧蘭先讓孩子安靜，自己想了又想，想出了個兩全其美的方法。

「我和妳們一起推小昌昌出門。」

「妳要和我們一起去慈倩家？」羅蔓極度不解媽媽何意。

「好耶，那羅媽也來我家。」范慈倩眉開眼笑大拍其手。

「沒，我沒要去慈倩家，妳們小女生玩妳們的。」

兩個女孩各有不同表情，羅蔓是放心，媽媽不在身邊，她可以放膽說話放肆嬉鬧；至於范慈倩則是顯現了失望，她一直是喜歡羅媽的和藹可親，還有那帶著些許無厘頭的言談舉止。

「我陪妳們推小昌昌到慈倩家那條街頭，看著妳們倆推他進了慈倩家，我再回來。」

「媽，妳人好好喔！」羅蔓雙手圈住何碧蘭脖頸，小撒嬌了一下。

「羅媽，這樣妳太辛苦了啦！」

「安全最重要，我不辛苦，這樣我才放心。」

那天下午四點，何碧蘭陪著羅蔓和范慈倩推著娃娃車出門，路上她交代羅蔓回家前打個電話，她再走兩條街，到街口接羅蔓和小昌昌回家。

小昌昌就是那天在范家開了洋葷，吃了進口櫻桃，也吃了日本水蜜桃，那張小嘴嚐到了好物，開始懂得挑好吃的了。

「小蔓，吃櫻桃、水蜜桃，妳也弄給妳弟弟吃喔！」

「好，謝謝范媽媽。」

慈倩媽媽招呼羅蔓吃櫻桃、水蜜桃，娃娃車裡的小昌昌也激動得在推車裡搖晃個不停，羅蔓原以為小昌昌是因見到前生媽媽而激動，沒曾想他是衝著桌上的櫻桃和水蜜桃興奮。

何以見得小昌昌是見櫻桃、水蜜桃而心喜？從他那一雙看著桌上水果發直的眼睛便看得出來，同時他還「吃櫻桃、吃櫻桃……」的嚷著，客廳裡的所有人都聽見了，也都知道他想吃櫻桃。

一旁的羅蔓其實不無幾許心酸，小昌昌和范媽媽竟然陌生人一般，擦身而過時，范媽媽沒多看小昌昌一眼，小昌昌也不遑多讓，好像賭氣似的眼神跳過范媽媽。羅蔓很快跳脫出自己的多愁善感，小昌昌和范媽媽本就毫無關係，即使小昌昌的前生是小茲青，但我的前世在妳的今生，妳不識我、我不識妳，天經地義。

羅蔓不再多想，拿起桌上的櫻桃吃了起來，慢了給小昌昌，他就咿咿啊啊叫著，慈倩爸爸從房裡出來看見了，立刻拿起一顆遞給小昌昌，小昌昌竟是不領情的頭歪一邊，不正眼看慈倩爸爸。

羅蔓覺得弟弟沒禮貌，半蹲他推車旁，跟他說：「慈倩姊姊的爸爸，范爸爸呢，要有禮貌，知道嗎？」

「知道。」關鍵時刻小昌昌表現得可圈可點，回應十分得體，唯獨還是沒看著范爸爸。

「沒關係的，妳弟弟才多大嘛，羅蔓，餵弟弟多吃些。」范爸爸的回應冷冷沒熱情，羅蔓心有所感，人與人之間的互動真的微妙。

那天在范家，倒是慈倩外婆一看到娃娃車裡的小昌昌，彷彿被一塊大磁鐵吸住，從沙發起身走上前彎身抱起小昌昌，動作一氣呵成，那樣子若讓外人來看，或許都會認為外婆是抱自家孫子，自然順暢。

在小昌昌這一方，從進了范家富麗堂皇的大客廳，一雙眼睛骨碌碌四周看個不停，直到落在慈倩外婆身上時，竟就像上了三秒膠一般瞬間黏住。羅蔓冷眼旁觀這一幕，比之前小昌昌第一次見到范慈倩的反應，她心裡更篤定小昌昌前生是小茲青無誤，他知道外婆就是他的外婆，這個美麗的家曾經是他的家。就在這時，小昌昌回過頭來看了羅蔓一眼，羅蔓心裡一時澎湃激動，眼淚差點要奪眶而出，她懂小昌昌的意思，小昌昌是要告訴她，這個屋子再華麗、這家人再富裕，他還是喜歡他現在的家。

「吃櫻桃、吃櫻桃、吃櫻桃……」

「沒、沒、沒……」

「吃櫻桃、吃櫻桃、吃櫻桃……」

小昌昌一副不達目的誓不罷休的態勢，嘴一張還想盧下去，大頭精靈和小個幽靈實在看不下去，很有默契的同時動作，飄到小昌昌旁邊，一個在小昌昌耳畔不停吹氣，一個則是從小昌昌的右側腋下鑽進再鑽出，然後左側腋下也同樣來一回，兩隻小魔神仔同心協力騷擾小昌昌，小昌昌因此忘記剛剛吵著吃櫻桃的事，轉而和兩隻精靈玩得不亦樂乎！

何碧蘭以為是她的方法奏效，竊喜之下漸漸放慢揮手掌的動作，直到完全停下來之後，她發現小昌昌身體扭來扭去，一顆大頭也動來動去，而且嘻嘻笑個不停，似乎是有什麼東西正和他玩著。這時，突然聯想到沒生小昌昌之前，自己和小精靈的互動，難不成現在家裡又進駐魔神仔了？這一想頭大了起來，她是不想再生也不能再生了，很自然地便喃喃自語著：「饒了我吧、饒了我吧！」

哪知小昌昌聽到了何碧蘭這句話，也自然學舌：「饒了我吧、饒了我吧！」

這把何碧蘭逗笑了，忙著轉移小昌昌注意力的大頭精靈和小個幽靈，也因為這句話時間點吻合，再適合不過的話而笑得癱軟在地。

若說小昌昌只挑昂貴水果吃，也實在錯怪了他，盛產季便宜的鳳梨、香蕉，他也是愛不釋手，當然另外一個重要因素，是這兩樣水果都是黃色一族，生活中小昌昌早已愛黃色成癡了。

除了水果，午睡起來的點心，何碧蘭也是盡量變換花樣，布丁和蒸蛋都曾經出現。一開始何碧蘭從小昌昌最愛的黃色入手，選購市面上許多人嗜吃，布丁底端滿滿一大層焦糖的布丁，這個品牌的布丁正因為底端焦糖特別多而吸引羅莉，羅蔓則以實在太甜了拒吃。

頭一回，何碧蘭打開一個焦糖布丁，右手握著湯匙，準備餵食小昌昌。

「小昌昌，ㄉㄨㄞ ㄉㄨㄞ布丁喔！」

小昌昌靠上前吃下那一匙布丁，緊接著蹙緊雙眉，好像吃到奇苦無比的食物，當媽的何碧蘭再一次「ㄉㄨㄞ ㄉㄨㄞ」兩聲，無奈小昌昌個性十足，不買單就是不買單，頭撇向一邊完全不理會何碧蘭。

「這是大姊最愛的布丁呢，甜甜的，好吃，ㄉㄨㄞ ㄉㄨㄞ。」

無論何碧蘭怎麼說怎麼ㄌㄨㄞ ㄌㄨㄞ個不停，小昌昌就是沒想要再吃第二口，何碧蘭沒辦法只好自己享用，全部塞進自己嘴巴，末了還含混說著：「甜，好吃，你，不懂吃。」

「懂吃。」小昌昌回應這句恰到好處，不知情的人一定會認為他夠聰明，才會這樣回應媽媽，其實他不過是還在鸚鵡學話階段。

雪蓮很早之前就經常提醒姊姊不要讓小孩吃得太甜，糖吃多了容易精神不集中，也容易過動。但因為羅莉一向表現很好，也沒有不好控制的時候，所以早先何碧蘭並沒有把雪蓮的提醒放在心上，直到後來看到雪蓮的孩子蘇芙和蘇適一路成長的狀況，開始相信幼兒成長期少糖是必要的。到了小昌昌出生後，進入副食品餵食階段，她也就開始奉行這一套作法。

幸好小昌昌本質和羅蔓相近，對甜食也不是很感興趣，除了水果的甜，糕點餅乾通常都吃一口就敬謝不敏了，這對何碧蘭來說也是好事，她在準備點心時就不需太過傷神。焦糖布丁不被小昌昌接受，何碧蘭私心裡也是認可的，於是她轉而選購少了底下一層焦糖的黃金布丁，黃金布丁小昌昌接受度高一點，但也還不至於就此認定非黃金布丁不可，所以較多時候是何碧蘭蒸個蛋，給小昌昌當午睡後的點心。

營養吸收有助於小孩成長，適當的活動對孩子的筋骨也有助益，所以不定時會帶小昌昌外出去社區小公園走走、溜溜滑梯。有一個星期天近黃昏時分，羅氏一家去住家附近的滯洪池公園活動。小昌昌特別熱衷溜滑梯和沙池玩沙，滑梯溜下去就是大沙池，小昌昌玩得眉開眼笑、樂不思蜀。

暑假將盡，天氣仍然酷熱，雖然偌大公園也種植了不少樹，遮出不少陰涼區塊，但偏高的氣溫仍然像蒸箱一般，把人蒸得汗水淋漓。九月開學後就要上高中的羅莉，早長得亭亭玉立，特別在意陽光曝曬會在臉上留下斑點，頻頻催著爸媽離開公園。

「走了啦！有來有玩就好了嘛！」羅莉的催促無人理會，她看看錶再跟媽媽重中一次，「媽，我們來一個小時了，走了啦！很熱呢！」

「剛剛就叫妳不要來，誰叫妳愛來又吵著要走，妳小孩喔，小昌昌都沒妳會吵。」羅蔓邊背單字邊走方步邊揶揄羅莉。

「妳以為我愛來啊？是爸爸說出來動一動、活動一下筋骨，我是聽話，好嗎？」

這時羅軒疆向兩姊妹拋出一個眼神，有效的制止了兩個女兒的抬槓，不然在這樣的公共場合吵，也太貽笑大方了。

「小昌昌，把拔抱……」小昌昌看見羅軒疆龐大身軀靠近，立刻快速挪移他的小屁股，挪到遠一點的地方。

「小昌昌，我們要走了喔！」何碧蘭蹲下身要抱沙坑裡的小昌昌，小昌昌不依的哇哇大叫，還直嚷著：「不要、不要……」

「不要你個頭啦！有玩就好，乖乖聽話，下次再帶你來。」羅蔓蹲下來加入勸說行列，「小昌昌，趕快起來，我們去大賣場吹冷氣、買布丁。」

「吹冷氣、買布丁。」這是誘惑關鍵。

「小昌昌，來，把拔抱抱，去賣場囉。」羅軒疆慈靄地拍拍手做出抱娃手勢，就這麼簡單一句就收服了小昌昌，小昌昌沒盧沒吵沒哭，從沙坑站起來立刻轉身撲進爸爸懷抱。

實在是小昌昌那雙手太髒了，羅氏一家乾脆就近跨過一條車水馬龍大街，到對向的大賣場去清洗，這早已是滯洪池公園一遊後的固定戲碼，在冷氣吹拂之下人人心曠神怡。羅蔓陪媽媽去洗手間幫忙把小昌昌的灰頭土臉清一清，雙手洗乾淨，身體也用沾溼的紗布巾擦一擦，再換件袋子裡的乾淨衣服。

「你看，這樣經過整理，你又是一枚小帥哥了耶！」羅蔓對著弟弟說。

「小帥哥了耶！」學舌鸚鵡又出現了。

「你啊，就想當小帥哥。」

「就想當小帥哥。」

幾位先後進出洗手間的賣場顧客，聽了也莞薾一笑，有的還回頭多看何碧蘭母子三人一眼。

「布丁、布丁、布丁……」全家轉搭電梯下到大賣場，小昌昌從頭到尾叨念著布丁。

「你少神經了啦，一直嚷著布丁，等一下讓爸爸買一百個布丁吃撐你。」羅蔓總這樣鬧小昌昌。

「最好大賣場有一百個布丁啦！」羅莉說著從架上拿起一組三個的她最愛的焦糖布丁。

小昌昌倒不是愛布丁成癡，他只是把羅蔓說過的話再拿出來嚼舌，羅莉把手上的布丁拿到他眼前晃，他的眼睛根本沒聚焦在布丁，索性還用手推開羅莉的手。

他們都不知道布丁底端的焦糖甜滋滋的氣味，不只是羅莉最愛，就連家裡那兩隻魔神仔每每都被那甜味吸引，也擠到羅莉身邊爭搶著「聞香」吸食。

小昌昌日漸長大，看得見魔神仔精靈和祂們玩的興致與時遞減，大頭精靈和小個幽靈很擔心，將來有一天小昌昌忘了祂們兩個，祂倆不就成了流落羅家的「遊魂」？

「你少這樣杞人憂天，投胎時間一到，你不去也不行。」

「大頭仔，你說錯了，我們怎麼會是『杞人』，對我們要說是『杞鬼憂天』吧？」

小個幽靈這話也有幾分幽默，大頭精靈不禁笑了，但很快祂就止住了笑。

「小個兒，我實在不想再去投胎，我很喜歡羅家人，我就想待在羅家，何況我現在可以藉著斗笠和阿疆閒聊敘舊，我要怎麼做到像阿疆老家那隻老魔神仔那樣？」

小個幽靈這時才明白，原來大頭精靈也和祂一樣，都想要超越輪迴轉世的法則，但真的能夠嗎？

三　最愛混搭酪梨寶

大頭精靈和小個幽靈彼此心知肚明，靈體一直遊蕩人間終究不是辦法，尤其是當羅頌昌三歲以後上了幼稚園，社會化的進程會加快速度，能與祂倆接上頻率的時間會越來越少。這是祂們一直以來都瞭然於胸的，人類從出生之後隨著在人世的歷練，一天天增加，達到某一個程度時，必將完完全全忘記曾有過與靈相通的日子。除非這個人擁有一把通過靈異之門的鑰匙，就像祂和阿疆再次相遇，他們一人一靈藉由從前連結彼此的斗笠，再次串起跨越人與靈的友誼。若是無法像他們這麼幸運，能夠再繫前緣之繩，大約也是人與幽靈將會相忘於人間。

因此，大頭精靈和小個幽靈一直絞盡腦汁想盡辦法，想要讓羅頌昌擁有一把通靈之鑰，好在必要時顯現一點點靈力，或許也可能因為這樣，而延後祂們倆的轉世投胎之旅，甚至也有可能就超越了輪迴轉世，那就遂了祂們兩個的心願。

某一日，小昌昌的午餐是玉米筍、秋葵佐雞胸肉的咖哩燉飯。一碗黃澄澄燉飯裡綴著幾處綠色。那是一碗令人垂涎的餐食，祂倆趁機摸上餐桌先享用一番，飽足之後跟著靈光一閃，想到小昌昌特愛黃色之物，於是心有靈犀，想要開始誘導小昌昌喜歡上每種黃色食物，或許從中就能摸索出小昌昌本能的魔力。

祂們本著羅蔓做實驗的精神，從每一次何碧蘭做出的料理中去尋找，蔥薑蒜配料類的，只有薑是黃色，但實驗做下來，薑的味道辣辣的，完全不吸引小昌昌，很快被兩隻精靈淘汰。祂們鍥而不捨，每餐飯菜一上桌，祂們倆就趴在餐桌研究，隨即實驗了起來，這一切無非是要幫小昌昌找出魔力啟動鈕，為找出這個魔力啟動鈕，祂倆耗費了好長一段時間，讓小昌昌混搭著各種菜餚，比如芙蓉豆腐加南瓜派、玉米筍加黃金奇異果，若是平常日的午餐進行這些實驗，祂們都能順順當當進行，可若是晚餐或是假日，羅莉和羅蔓看見了這種混搭吃法，一定毫不留情立刻搶下小昌昌碗裡的食物，要求小昌昌一樣一樣吃，不能混搭。

「底迪，你紳士一點，有品味一點，食物一種一種品嚐，不要和在一起，這樣吃不出食物的美味，媽媽煮得這麼好吃，你就這樣糟蹋了，你孝順嗎？」羅莉這樣說。

「孝順媽。」

「對，要孝順媽，知道就好，那就好好吃飯，好好吃菜，一種吃完再吃一種，不要這樣混在一起，像什麼？」羅蔓順著小鸚鵡的話說。

何碧蘭一旁看著，若不太過分，她通常由著兩個女兒去教導小昌昌，紳士作派是需要的，最主要因素是一天忙下來她也真累了，能少費點神她也樂得輕鬆。至於羅軒疆，看著羅莉和羅蔓兩姊妹一絲不苟，而且是十分堅持，不能通融，不能打馬虎眼，沒有模糊空間，就欣慰於兩個女兒作事的條理分明、一板一眼，將來完成學校學業出到社會工作，必然也是認真仔細不會含糊帶過。

羅莉和羅蔓兩姊妹很認真要引導小昌昌用餐的品味，竟是不知家裡有兩隻精靈正破壞這一切，祂們兩隻蓄意讓小昌昌混搭著吃，這種情況之下，姊妹倆也就不嫌麻煩地輪流餵小昌昌，而這也破壞了兩隻精靈的計畫，遇上這種情況時，大頭精靈和小個幽靈總氣得跳腳。

「厚，小昌昌都要兩歲了，幹嘛餵他！」

「就是說嘛，我們計畫進行得好好的，被小昌昌這兩個姊姊搞破壞，這下子又得重新來過。」

「看來我們得齊心協力到這兩個姊姊身邊吹吹風。」

「什麼吹風？你會熱嗎，大頭仔。」

「拜託你啦，小個兒，有點 sense 好不好？」大頭精靈先損了小個幽靈，再接下去說：「我是說我們到羅莉和羅蔓身邊吹吹恍神的風，讓她們兩個一恍神就忘記要做的事，我們才能繼續我們的實驗啊！」

「哦──原來你說的吹風是這個啊！好啊！」

果然兩隻魔神仔齊心，其利斷金，那樣的風一吹，羅莉和羅蔓兩姊妹當真很快沒了勁，祂們兩隻精靈後續就進行得很順利了。

小昌昌現在竟是連香蕉都能混搭玉米筍了。

那天何碧蘭買了玉米筍也買了香蕉，兩種食物都是小昌昌喜歡的黃色，何碧蘭沒有理由不買，巧的是買回來後，何碧蘭竟然鬼使神差的在同一時間讓兩物同時出現。

那是週日，小昌昌的午餐何碧蘭煮了雞肉、花枝、鮭魚、香菇、秋葵、芥藍菜寶寶粥，再另外準備了紅蘿蔔和玉米筍手指食物，小昌昌吃得正歡喜時，看見餐廳邊櫃上的香蕉，眼睛立刻為之一亮，右手便指向香蕉，頻頻發聲要求：「香蕉、香蕉，吃香蕉，小昌昌吃香蕉。」

何碧蘭無可奈之下，只好拿一根香蕉擺放在餐桌上，但書是：「先把飯飯吃完，才可以吃香蕉，知不知道？」

香蕉已近在眼前，針對媽媽的要求小昌昌回應了，「知道。」

小昌昌果然信守承諾，握著湯匙的手很快地挖著粥，一匙又一匙送進嘴裡，宛如建築工地混凝土灌漿一般，不間歇的輸送混凝土。

粥吃完後，小昌昌左手抓著最後一根玉米筍，右手也急著要去抓餐桌上的香蕉。下樓準備吃午餐的羅莉一個箭步上前，把那根香蕉後推了幾公分遠，讓小昌昌搆不著，她還下了一個命令：「先把玉米筍吃完，再吃香蕉。」

小昌昌被橫空阻斷了到手的香蕉，不依的哇哇叫：「予伊啦、予伊啦！」

小昌昌這個「予伊啦」一出口，包含隨後下樓的羅蔓和客廳裡的爸爸都笑了，就連羅家人看不見的那兩隻魔神仔也笑得前仆後仰，連連翻著觔斗。

「予伊啦」的由來，是之前有時羅莉和羅蔓故意不給小昌昌他要的玩具，小昌昌哀哀叫的時候，正巧來他們家的阿公、阿嬤，就會要兩個姊姊「予伊啦」，阿公、阿嬤下達的命令羅莉兩姊妹哪敢違逆，幾次之後小昌昌知道那是東西給他的意思，便依樣畫葫蘆照學不誤。

這個「予伊啦」還在阿公屏東家裡鬧過一齣大笑話。

那是暑假時候，羅莉一家五口回阿公家，正巧那天二伯也是全家回屏東，羅莉三歲多時，一起玩耍傷到手大聲吼叫的小堂哥，已經是高三大男生，長相斯文，個性靦腆。不知怎麼的，小昌昌對他特別有好感，老是搖搖晃晃就走去他旁邊，看見小堂哥手上拿著一罐鋁箔包裝的麥香紅茶，就嘟嘟嚷嚷著：「予伊啦」手就直伸向前去搶。

小堂哥聽了那句「予伊啦」先是一愣，接著眼光逡巡四周，看看是誰拿什麼東西要給誰，但什麼也沒見著，大家還是都坐在大廳裡的藤椅上，倒是看到阿公和阿嬤，還有叔叔一家人抿著嘴笑。他丈二金剛完全摸不著頭緒時，小昌昌又叫了「予伊啦」，小堂哥真愣住了，他壓根不明白小昌昌，到底什麼東西要給誰？小昌昌手上也沒任何物品。

小堂哥在麥香紅茶上插了吸管，拿近嘴巴準備吸吮，小昌昌見狀很用力去撥，好在小堂哥手勁足飲料拿得夠緊，才沒被小昌昌毀了。

「予伊啦！」

「什麼予伊啦？」小堂哥正經八百地問小昌昌：「欲予啥人？」

「予伊啦！」小昌昌又說一次。

小堂哥真發愣了，羅莉才想跟小堂哥說原由，阿嬤搶先一步開口了。

「阿鈞啊，阿昌是咧講予伊啦！」

小堂哥聽了阿嬤的解釋眉頭皺得更緊更迷糊了，他是知道小昌昌在說「予伊啦」，問題這個伊是誰？還有到底要給這個伊什麼？

「汝按呢講啥人聽有。」阿公先吐槽阿嬤，然後才說：「阿昌是咧講伊欲愛汝的飲料啦！叫汝予伊啦！」

小堂哥一臉莫名，他看看手上的麥香紅茶，再看看一直黏著他的小昌昌，小昌昌想要喝飲料，直接說「予我」不就結了，幹什麼一直說著「予伊啦」。

這時羅蔓走過來拍拍弟弟後背，說：「小昌昌，是予我，不是予伊啦！」

「予伊啦！」誰知這個弟弟仍然固執己見。

「是予我，予我。」羅蔓忒有耐心再教一次。

「予伊啦！」真的是頭殼驢。

然後羅軒疆細說從頭，把這個「予伊啦！」的始末大致交代一下，一屋子二伯家的人也才終於明白，小昌昌的「予伊啦」事實上是給我的意思，這時整個大廳的屋瓦都快被哄堂大笑的笑聲給掀了。

餐桌旁，香蕉還在羅莉手上，小昌昌還在盧著「予伊啦！」

「予伊啦！」爸爸看著羅莉，也說了同樣三個字，小昌昌接著又說一次「予伊啦！」這次是她們一家人各自爆開大笑，羅莉都笑出了眼淚，同時也順了爸爸的意，把香蕉給了小昌昌，小昌昌不及說謝謝，就指揮大姊姊，「剝。」

「厚，你大將軍嗎？叫我剝我就剝喔。」

羅莉雖是這樣說，但也還是幫弟弟剝了香蕉皮，小昌昌接過香蕉，立刻送進嘴巴狠咬一大口。這時的他是左手抓著玉米筍，右手握著一根香蕉，誰都沒料到他接下去所做的動作。口中的香蕉囫圇吞棗嚥下後，他左右開弓，左一口玉米筍，右一口香蕉，頓時讓羅莉和羅蔓兩姊妹都覺得其噁無比。

「底迪，你好噁喔！」

「一鹹一甜混著吃，你噁不噁？」

「小昌昌吃的玉米筍是原味，等一下我們要吃的會沾醬才是鹹的。」何碧蘭的解釋為羅蔓釋了疑，但羅蔓仍然覺得弟弟這樣混著吃很不對味。

「這樣吃怎麼嚐出食物的美味嘛！」荳蔻年華的羅莉開始注重生活品味。

「來，先把玉米筍吃完，再給你吃香蕉。」羅莉說著硬是從小昌昌手中扯下香蕉。

小昌昌眼看最愛被搶走，哇的一聲大哭了起來，哭得涕泗縱橫，張大的嘴巴舌頭上一塊玉米筍正上下跳動著，不一會兒便嗆得頻頻咳嗽，咳得一張臉紅通通的，咳得上氣不接下氣，何碧蘭受不了下了命令。

「把香蕉給他，妳讓他咳得岔了氣，我就修理妳。」

「媽，妳這樣不行。」

「小莉，事有輕重緩急，小昌昌吃食習慣和品味的養成得慢慢來，他現在咳成這樣，得先處理。」

爸爸說得在理，羅莉不再堅持，把香蕉還給了小昌昌，小昌昌立刻恢復平靜。

「你喔，才多大就學會來這招苦肉計，爸媽都讓你給騙了。」羅蔓走過來捏捏小昌昌臉頰，小昌昌不咳了，玉米筍和香蕉吃得正歡喜。

民國二十幾年次的阿公和阿嬤年紀都過八十，羅軒疆要求他們如果來高雄，至少住一夜再回去，不然一天來回奔波太累了。

阿公和阿嬤的習慣是週六早上來，週日過午再回去，有時就羅軒疆載兩老回去，順便也載全家出去走走踏踏青，為了能一車載滿全家，還特地換了一部七人座休旅車。

這一回，阿公、阿嬤來了，羅軒疆不知哪來的點子，週六晚餐吃過，他就預告晚上節目。

「妳們兩個趕快去洗澡，洗過澡我們要看一齣電影。」羅軒疆對著羅莉兩姊妹說，那是因為這兩個孩子，總喜歡拖到七晚八晚，臨睡之前才洗澡。

「阿公和阿嬤也一起看？」羅莉會這樣問，是平常他們自家會有這活動，但現在阿公和阿嬤在家裡，爸爸會不管他們，自顧自地看電影？

「嗯，一起看。」

「有什麼電影適合我們這樣三代人一起看的？」這次換羅蔓問了，問了很實際的問題。

「等一下妳們就知道了。」羅軒疆賣了一個大關子。

一切都弄妥後，羅軒疆以客廳一面米白色的牆做螢幕，再接上電腦和投影機，他打開串流平台，準備播放《螢火蟲之墓》，這是一齣以第二次世界大戰期間日本神戶為背景，描述出自軍人家庭的清太和節子兩兄妹，在西元一九四五年戰爭的最後幾個月中，為了生存而經歷的絕望故事。羅軒疆自認宮崎駿這齣卡通影片，一定能滿足一家七口三代人。

卡通一開始明示了清太已死亡，昭和二十年（西元一九四五年）九月二十一日深夜，神戶市三之宮站，十五歲衣衫襤褸的清太，被清潔員工發現坐在柱旁一角餓死了。此時清太赤色的靈魂正在遠處目視著一切，清潔員工在清太身上尋找值錢的東西，這時發現清太身旁有個水果糖鐵罐，覺得沒什麼用處，便使勁拋向一旁的草叢，這一拋，水果糖鐵罐裡的節子骨灰也被撒出來了，之後在螢火蟲亮光的引領之下，節子的靈魂現身，清太撿起了草叢中的水果糖罐。卡通從這裡開始倒敘，以變成幽靈的清太旁白呈現，引領觀眾回到幾個月前，兄妹兩人登上了列車，遙望著遠處城市在戰火映照下的紅光，那是史上的神戶大空襲。

果然如羅軒疆所預料的，卡通吸引幼兒小昌昌和太太何碧蘭，故事情節則帶給羅莉和羅蔓兩姊妹很大的觸動，而二戰的時代背景則是他阿爸和阿母熟悉的，他不時看著他們六個人專注動畫情節，也就小小的佩服自己的設計，以這樣一部老少咸宜的動畫來換得週六晚間的清閒，是他心裡的另一個需求，而他總算也達到了。

其實羅軒疆不知道的是，在他家客廳裡還有另外三個觀賞電影的夥伴，他們分別是大頭精靈、小個幽靈和老魔神。三隻魔神仔中，隨著羅軒疆阿爸、阿母而來的老魔神感觸最多，那畢竟也是祂熟悉的氛圍，只見祂因為感動不停吹氣，一下子自身那氣團翻右又轉左的，和祂一向老僧入定的舉措差異太大了。大頭精靈忙著觀賞影片的同時，不時也瞟到老魔神的躁動，一時間祂恍然想起，前前世將踏上投胎之路前，遇上的那隻小小個兒的吹翻滾魔神，莫非就是身旁這隻老魔神？很多疑問堆在大頭精靈內裡，想著還是等看完這齣戲，再好好問問吧！

才這麼想機會就來了，因為小昌昌和阿嬤要上廁所，影片暫停播放。

「你說我們這算不算是十全十美？」小個幽靈抓住時機開口先說道。

「你也幫幫忙，人家他們是一家人，三代七口。我們是鬼靈，三隻鬼，怎麼能併入人類的行列？再說就算人類也很難求得十全十美。」大頭精靈回了小個幽靈這話，之後趕緊抓住時機問了老魔神：「老魔神，你是阿疆四歲我要去投胎前遇見的吹翻滾嗎？」

「是，就是我。」

「那你之前怎麼都不講。」大頭精靈語氣略帶小小抱怨。

「我第一次來的時候感覺你有點面善，可是你對我完全沒印象，我想這種情況下硬跟你相認，不太合適，就耐心等著最好的時機，你瞧，今天不就是最好的時機。」

老魔神這樣陳述的說服力很強，大凡人類世界裡也是這般情形，相識之後如若又分別，若干年後有了機緣再相逢，彼此心裡有多大強度的記憶，因人而異，勉強相認未必是好事，順其自然方是上策。對於鬼靈一族來說，這樣的處事態度也是優選，大頭精靈深深佩服老魔神的睿智。

之後祂們倆又交流了一些事，大頭精靈才知道老魔神全神專注在日語，祂從沒現身和阿疆有過任何接觸互動，說白了就是默默守候，不介入、不參與、不影響阿疆的生活，這也是一種思維一種選擇。

《螢火蟲之墓》是一齣以幽靈旁白呈現的影片，三隻魔神看得也很投入，三個靈體都有親切的感覺。

一直到影片結束，小昌昌才開始呵欠連連，何碧蘭覺得這孩子其實不若平時那樣的好動，心下也幾分安慰。

「小昌昌也坐得住，看影片時很乖呢！」羅莉稱許的說。

「小昌昌這是靜如處子，動如脫兔。」何碧蘭冷不防冒出這句，真讓羅軒疆父女三人刮目相看了。

但這兩句話對阿公、阿嬤來說諱莫如深，若要做解釋，必須費上好大一番唇舌，羅軒疆快速轉移了話題。

「阿爸、阿母，這齣好看無？」

「二次世界大戰到尾期臺灣嘛定定咧轟炸，攏愛去閣較庄跤疏開……」阿嬤似乎要打開話匣子了。

「阿嬤，啥物是疏開？」羅蔓問道。

說起從前的生活，阿嬤有很多故事可說，她當真娓娓道來，這下子欲罷不能了，還是阿公不顧情面，生生掐斷了她的話題。

「好矣，天暗矣，阿蘭愛唔阿昌睏，逐家攏愛睏矣，另日再閣講。」

「我講甲當心適……」阿嬤還想爭取。

「汝心適我著無心適，我欲來睏矣。」阿公說著逕自往樓梯走去，阿嬤見狀不得不打住話題，起身跟著上樓。

阿公的身體語言都已經這樣說了，興致正高昂的羅莉兩姊妹也不敢再出聲，只得默默目送阿公和阿嬤離席，相互癟嘴對看，大有阿公真掃人興的意味。

隔日午餐桌上，托阿公和阿嬤的福，一桌好菜擄獲了三代人的心，滿足了大家的胃口。

酪梨營養價值高眾所周知，喜愛廚房料理的何碧蘭興致一來，開發了酪梨新料理。

何碧蘭煮了金瓜米粉，燙了一盤番薯葉，以蝦米乾扁了四季豆，煎了九層塔蛋，一鍋大黃瓜魚丸湯和一盤油雞，還有一盤色彩鮮豔，每個人的眼睛都向著那盤料理放光。

羅蔓乾脆傾身向前，一雙眼睛幾乎要貼在那盤菜上面了，她怎麼也沒想到，與她同樣擠在一起的還有兩隻幽靈，大頭精靈和小個幽靈也被那紅黃綠的配色吸引過來，老魔神畢竟上世紀人世闖蕩過，又在靈界來去數十載，見多識廣，心思沉靜，不易隨境而轉，就遠遠瞧著這一切。遠遠看著的，還有阿公和阿嬤。

桌上這一盤細看之後，羅蔓看出了黃色是酪梨，紅色是番茄，綠色則是小黃瓜，另外一尾尾燙過的彎身紅蝦，這是一盤淋上日式和風醬的酪梨涼拌菜，看著就讓人忍不住食指大動，忍不住羅蔓拇指食指向前抓起一隻蝦子，麻利的塞進嘴巴，那口感真是好，吃得她閉眼好好享受。

「媽，妳看羅蔓偷吃。」

「沒規矩，阿公、阿嬤都還沒動筷子，妳這像什麼樣？」這指責沒什麼說服力。

「媽，這道菜叫什麼？」

「酪梨蝦仁沙拉。」

何碧蘭的回答叫桌下的大頭精靈震了一下，上回好像就是羅頌昌吃了酪梨，抹了他一把，再拉了羅軒疆，他們才能人與魔神仔電源相通再次見面，這一想，突然領悟到，酪梨必是能打開羅頌昌魔力的鑰匙，那可要試圖引導羅頌昌愛上酪梨。

大頭精靈將自己這心思告訴了小個幽靈，近期被召喚得作準備要去投胎的小個幽靈，也正苦惱該如何避開尋來的送子鳥，大頭精靈這一說，小個幽靈也想要趕緊開啟羅頌昌的魔力，好讓他幫自己一把，別那麼快落入下個輪迴。

大頭精靈和小個幽靈以為酪梨會是小昌昌的魔力之鑰，硬是在小昌昌身旁鼓動他，「吃酪梨，多吃一點。」

「今天的菜都是阿公自己種的呢！」羅蔓說

「哪是？」

「哪不是，妳看南瓜、酪梨、番薯葉、九層塔、番茄、大小黃瓜都是啊！」

「油雞、魚丸和蝦不是啊！」羅莉笑笑說。

「妳故意的。」

羅蔓用手肘拐了羅莉腰間，羅莉忍不住笑了，一屋子的人也都笑了。

結果大頭精靈和小個幽靈的盼望，一整個用餐時間什麼都沒發生。不過小昌昌倒是對混搭了其他食材的酪梨特別感興趣，何碧蘭敏銳的媽媽心發現了，此後經常端出酪梨料理，每一次都是新混搭風格，比如蝦子換成雞胸肉，混搭出酪梨雞肉沙拉；也曾經採以鮪魚罐頭搭配酪梨，又是另一種滋味。

酪梨從此真成了小昌昌的最愛，有事沒事就聽他對著何碧蘭喊叫，從口齒不清的「吃握梨」，到清清楚楚說出「吃酪梨」，屋子裡經常是他嚷著酪梨的聲浪，惹得有時羅蔓故意塞給他兩顆還沒熟透的酪梨，揶揄他：「拿去啦，你就抱著酪梨睡喔！」

四　喝不膩玉米濃湯

拼圖能吸引人們的專注力，無論哪個年紀都能沉浸拼出完整圖片的過程，說到底人生也是一幅拼圖，從出生就以少少片數拼接，從最單純的母嬰對待，隨著時光流轉，拼接的生活層面更廣、片數更多了。

小昌昌一歲多以後，何碧蘭除了說故事、讀繪本等知識陶養外，排積木、組裝樂高和拼拼圖也是經常進行的益智活動。有一組拼圖是進食的溫馨氛圍，羅家的每一個人都陪著小昌昌拼過，大家也都發現在所有拼圖中，小昌昌最愛拼這一幅，而且總是指著拼圖中的一塊，湯碗。

一開始沒有人看出那是湯碗，是小昌昌一直喃著「湯湯、碗碗；湯湯、碗碗……」喜歡觀察弟弟，研究他行為的羅蔓終於回過神來，聽懂小昌昌的未進化語言。

那個何碧蘭去洗頭的下午，羅蔓陪著小昌昌，又是拼這幅拼圖，小昌昌一如以往找著那塊湯碗拼圖，嘴裡喃喃著：「湯湯，碗碗。」

「你是說喝湯的碗。」羅蔓還做了喝湯的動作。

「嗯嗯。」小昌昌雖非搗蒜般點頭，但從他連續點頭動作，也能一目瞭然。

「湯碗怎樣了？」羅蔓再問，想徹底明白小昌昌到底為什麼，總聚焦在那只湯碗。

「湯湯。」小昌昌找到了那片拼圖，左手拿著那片拼圖，右手食指一直戳那塊拼圖。

「什麼湯湯啦！」羅蔓要問的是：你到底在說什麼，小昌昌意會的又是另外一回事，只見他以非常認真的神情指著那塊拼圖回答：「意米。」

這羅蔓聽懂了，小昌昌還在乳音發音期，有些音發得並不標準，但聽久了也能猜出他的意思。

「你是說玉米湯。」

「唔唔。」頻頻搖頭。

「不是玉米湯？」

「唔唔。」還是搖頭，搖頭幅度更大，更頻繁。

羅蔓很有耐性的朝小昌昌指著的地方仔細瞧，是瞧出了有幾粒玉米粒，也就因這一瞧她才恍然大悟。原來小昌昌說的不是媽媽常煮的玉米排骨湯，媽媽所煮的玉米湯是，玉米切成一小截一小截，再和排骨一起熬煮，那是好喝的湯。但小昌昌所表達的並非這種，很快的羅蔓就意會過來應該是玉米濃湯。

「玉米濃湯嗎？」

「濃湯嗎？」當時還是三字小鸚鵡的小昌昌笑逐顏開，臉上現出被理解的歡欣。

羅蔓不解，媽媽從沒煮過玉米濃湯，小昌昌何時嚐過？

又一想，莫非是他的前生小茲青的記憶？難道是小茲青在他旗山外婆家時，常吃到玉米濃湯？羅蔓決定改天一定要向慈倩問清楚。

但在此同時羅蔓也想印證一下，小昌昌真是在說玉米濃湯嗎？於是在廚房裡翻箱倒櫃的找尋，有無市售小包裝濃湯粉。那種沖泡容易的濃湯，電視廣告經常出現，多少毫升的水煮滾了，加進一包濃湯粉，打顆蛋加進去，攪拌攪拌就能熄火上桌。

「妳在找什麼？妳的東西會在廚房嗎？」羅莉來了這樣說。

「我在找ｘ寶濃湯。」

「妳頭昏了啊？我們家哪會有這種東西。妳又不是不知道，媽媽都是煮新鮮食材，這種方便速食的湯啊麵啊，媽媽才不會準備呢。」羅莉滔滔說著：「妳記不記得，有一次爸爸、媽媽去吃喜酒，我們想吃泡麵，還偷偷去小七買了一包泡麵回來泡。」

羅莉說的是實情，那還是羅莉剛進國中，羅蔓剛升上小四，兩人經常劍拔弩張的時候，家裡還沒有小幽靈，小茲青也還好好的在他外婆家。那次的泡麵經歷很特別，為了不讓媽媽發現蛛絲馬跡，羅莉主張捨棄杯麵、碗麵，就買塑膠包裝扁扁一包的泡麵。

「這樣還要拿碗公裝麵來泡，吃完還要洗碗呢！」羅蔓講得很直接。

「別那麼懶，才洗個碗公、兩雙筷子，這樣才不會留下任何證據。」

雖然羅莉說法合理，但羅蔓仍找到破綻。

「還是有泡麵的外包裝和調味料包啊！」

「我們可以把這些包裝捲得很小很小，再混在其他垃圾……比如我的衛生棉包裝袋裡面，這樣就能毀屍滅跡了。」

羅莉這方法果然高明，但羅蔓想到衛生棉包裝袋裡陳倉暗渡了泡麵包裝，就覺得好笑。

「呵呵……這太不倫不類了啦！」

「垃圾不是都丟在一個垃圾袋裡？垃圾就是垃圾，有什麼不倫不類的。」羅莉說的也是實情。

那次姊妹難得的同心協力，出發點是為了一償偷吃泡麵的夙願，鮮蝦魚板的滋味從此黏在兩人牙縫，總等著再有機會爸媽再連袂外出，她們就要買兩包鮮蝦魚板泡麵回來，一人一碗大過泡麵癮。

後來兩姊妹分別都曾跟自己的好友分享偷吃泡麵的事，兩人受到的對待卻是有別，羅莉被譏刺長到這年紀還沒吃過泡麵，真是現代的古人。

「什麼？羅莉，妳從來沒吃過泡麵？」

「電視廣告那麼多，妳都不會心動？」

「妳不會吵妳媽，說要吃泡麵啊？」

「妳不會拿零用錢去小七買一碗，在小七就泡來吃。」

「對喔，妳怎沒想到秀緞說的這一招。」

「妳真的很遜呢，泡麵這種國民方便美食，都沒吃過，妳是古代的人啊！」幾個同學輪流說話，話題都繞著泡麵轉，總歸一句，就是譏笑羅莉跟不上時代。被這麼譏笑的時候，羅莉有點怨嘆媽媽的營養哲學，害得她差點無法在這個點上立足，幸好她靈光一閃。

「欸欸，妳們幾個，我現在是吃過了喔！」羅莉挺起胸膛，自覺是堂堂二十一世紀的人種。

羅蔓的分享情況，又是另一種風格。

「我告訴你們，昨天我爸媽不在，我和我姊偷偷買了一包泡麵泡來吃，我姊把泡麵包裝塞在她衛生棉的包裝丟進垃圾袋，我媽都沒發現。」羅蔓以偷雞摸狗的表情說道。

「妳是說妳媽沒發現妳們偷吃泡麵，還是說妳媽沒發現妳們把泡麵包裝塞在衛生棉包裝裡？」何一鳴一臉賊賊的神情。

「你畫錯重點了啦！」李紫嫻推了何一鳴一下，害他踉蹌了一下，差點摔倒。

「我們的重點是泡麵，泡麵，好不好？」胡媄媄拉了何一鳴一把，之後又對羅蔓說：「羅蔓，以後妳想吃泡麵就來我家。」

「妳家賣泡麵啊？」何一鳴問。

「妳家隨時都有泡麵？」羅蔓這樣問。

「也可以來我家吃泡麵，羅蔓，我家泡麵也不少。」范慈倩說。

「我媽也都會準備一些。」李紫嫻輸人不輸陣，也參上一腳。

「現在是怎樣？用泡麵拉攏我啊？」

「嘿嘿，她們用泡麵拉攏妳，我樂當跟班，我跟妳去她們每一家吃泡麵。」

「去你的，何一鳴……」胡媄媄右手高高舉起，準備重重落下，何一鳴趕快閃到羅蔓身後，哀求著：「鱸鰻大姊，救救小弟……」

何一鳴這一幕唱作俱佳，把整個教室裡的同學都逗笑了，笑聲是一隻隻帶著翅膀的小小精靈，成群結隊的飛出窗外。

總之，兩姊妹自那之後，就不乏泡麵打牙祭的機會，每隔一陣子，好友都會輪流問她們想吃泡麵嗎，只要好友一問，第一次偷嚐泡麵口齒留香的記憶就整個甦醒過來，於是就一夥人前往某人的家，如此這般輪流，兩姊妹也嚐過不少品牌及口味的泡麵了。

羅莉的泡麵癮還多了一種解饞方式，那就是真想泡麵想得不得了時，李秀綴就會找個空檔陪她去小七，選好想吃口味的碗麵，用小七提供的熱水泡開，當場過足了癮。

羅蔓還在上上下下的櫥櫃找尋濃湯包，羅莉不明所以的問道：

「妳找濃湯做什麼？」

羅蔓將她陪小昌昌拼拼圖，小昌昌指著拼圖上的玉米粒，玉米玉米嚷嚷個不停，她又是如何抽絲剝繭的，問出小昌昌所指的，不是媽媽平日熬煮的玉米排骨湯，而是西式料理的玉米濃湯，為了證實自己的推論，準備實作一份檢測自己的推斷。

「妳實驗魂又上身了啊？」羅莉叨唸了羅蔓一句，轉而坐下椅子，對著遊戲床裡的小昌昌問：「底迪，你是說玉米濃湯嗎？」

「濃湯嗎？」

「你小鬼，媽怎麼會是濃湯？」

「是濃湯。」還是三個字。

「玉米濃湯。」

「……濃湯。」說不來前面兩字，含糊帶過。

「玉米濃湯。」

「意米濃湯。」

「嘿，底迪會說四個字了。」兩個姊姊異常興奮小昌昌從三字鸚鵡晉升到四個字，雖然咬字不清楚，但也差強人意了。

這是寒假期間，姊妹都在家，何碧蘭抽空去美髮院洗頭，羅莉原打算尋當年偷偷嚐鮮泡麵的經驗，但是羅蔓提醒她。

「玉米濃湯一包裡面有好幾小包，我們一次用不完，不是就會敗露事蹟了？」

「那怎麼辦呢？」

就在羅莉和羅蔓大傷腦筋時，小昌昌一次又一次的嚷嚷著「意米濃湯」，這是引信撞擊了羅蔓，給了羅蔓一個很大的啟發。她立刻放棄尋找濃湯包的舉動，轉而推著小昌昌的遊戲床，推到客廳擺放電話的茶几旁，正要抓起電話，羅莉滿臉不解的問了：「妳要做什麼？」

「打電話給媽媽。」

「做什麼？」

「妳等著看嘛！」羅蔓小賣了關子，並且邊說邊撥了何碧蘭手機號碼，不一會兒手機接通了，羅蔓朝話筒喊了一聲媽，何碧蘭在那頭緊張的問道：「什麼事？小昌昌怎麼了？」

「媽，妳聽小昌昌會說四個字了……」

羅蔓打算做什麼，羅莉也一頭霧水，她看著羅蔓把話筒拿到小昌昌嘴邊，同時在小昌昌耳畔慫恿他說「『玉米濃湯』」，小昌昌果真是一隻鸚鵡，立即複誦了「意米濃湯」，而且還興致高昂的連說了好多次，羅蔓已將話筒又拿回來，她告訴何碧蘭：「媽媽，底迪剛剛說什麼？妳有聽見嗎？」

「小昌昌說玉米濃湯。」何碧蘭的興奮羅蔓聽得出來。

「對，底迪一直說玉米濃湯，他大概是想喝這個湯，媽妳洗完頭回來的時候，順便買x寶濃湯的玉米濃湯，我們今天晚上煮玉米濃湯來喝好不好？這是底迪點的喔！」

不知是這氛圍讓何碧蘭迷亂，還是美髮院的嘈雜亂了何碧蘭思維，她竟然一口答應了。

「好，我弄好頭髮回去時，順道去全聯買一包玉米濃湯，今天晚上就喝玉米濃湯，記得喔，妳和羅莉要把小昌昌顧好喔！」

「我們會的，媽，再見。」

掛上電話後，羅蔓對羅莉使了一個挑眉眼神，意思是：妳瞧，搞定了。對此，羅莉對羅蔓刮目相看，現在的羅蔓不但有想法，而且做法也都精心設計，推展得順順利利，忍不住羅莉給羅蔓比了個讚。

至於羅蔓，嘴笑著，心也笑著，她就耐心等待，等著晚餐揭曉答案。

那晚托了小昌昌的福，羅莉和羅蔓順利嚐鮮了玉米濃湯，說實話是不錯喝的湯品，但和何碧蘭一向精心熬煮的湯相比，遜色多了。這種湯的好喝，不在食材的搭配；不在調味的用心；不在火候的拿捏，它能取勝，僅僅只是因為方便好處理。

羅蔓一心在觀察小昌昌，對於這個下午心心念念的玉米濃湯，對比之前第一次吃其他食物，需要好幾口的適應時間，態度上截然不同。小昌昌對玉米濃湯完全沒有適應的問題，何碧蘭剛把玉米濃湯端上桌，小昌昌就在自己餐椅桌面上，又拍桌面又叫「意米、意米；嗡湯、嗡湯」，羅蔓已快手快腳地盛了一碗，正在呼呼吹涼。小昌昌等不及羅蔓吹涼一口餵他，猴急的伸手來抓羅蔓的手，羅蔓一個閃避不及，一匙濃湯灑潑了半匙到餐桌。

「小昌昌，你屬猴啊？這麼猴急。」羅蔓捏了一下小昌昌鼻尖，羅莉接下去說了：「本人才屬猴，都沒你這隻小雞仔這樣急噗噗的，底迪，稍安勿躁，讓小姊姊好好餵。」羅莉邊叨唸邊用抹布擦拭桌上那一小灘玉米濃湯。

羅軒疆上樓換下衣服洗了手再下樓，一進餐廳，看到桌上那一鍋黃澄澄黏稠稠的玉米濃湯，不由自主的皺了眉抿了嘴，再斜睇了老婆一眼，他記得很久以前跟她說過，自己從不吃勾芡的湯品，怎麼今天上了桌？難道她記憶出現了問題，老人癡呆前期？所以忘記了？

整個晚上羅軒疆快速扒飯，直到最後一口飯要送進嘴裡之前，何碧蘭腦門才突然打開，她意識到事態嚴重了。

「老公，對不起啊，我……」說著，眼睛還瞟到桌上那一鍋玉米濃湯。

羅莉和羅蔓都不清楚媽媽哪裡做錯了，如果有，也不過是讓這種速食湯類上了桌，有這麼嚴重嗎？姊妹兩人四隻眼睛輪流在爸媽身上打轉，只見爸爸口中嚼著飯菜，苦苦笑著，眼神裡沒有責怪，只有詢問。

了起來。

他們到底是夫妻多年，何碧蘭很能明白羅軒疆那眼神，放下碗筷正襟危坐解釋

「我下午去洗頭時，小蔓打了我手機，說小昌昌想喝玉米濃湯，真的呢！小昌昌真的在手機裡說玉米濃湯，我就洗完頭順路去了全聯，買x寶玉米濃湯回來煮，你看小昌昌真的喜歡，小蔓都餵他喝一碗了。」

何碧蘭解釋得很仔細，羅軒疆也看到小昌昌嘴角還黏著一點點濃湯的勾芡。這時羅蔓加碼細說從頭，把從陪小昌昌拼拼圖開始，每個環節都不落掉，鉅細靡遺的說了一遍，何碧蘭還抬高屁股伸長脖子，想看一眼遊戲床裡的拼圖，無奈距離遠了一點，無法清楚看見。

「爸，你怎麼不喝湯？不喜歡玉米濃湯嗎？它雖然是方便湯，但好喝耶！」

羅蔓從父母互動中已經知道問題出在玉米濃湯，但到底是怎樣的情形，她很想知道，因此故意哪壺不開提哪壺。

「嘻嘻……妳爸不只不喜歡玉米濃湯，所有勾芡類的湯他都不喜歡，他說勾芡的湯很像拉肚子的便便……」何碧蘭代表回應。

「媽……我們正在吃飯呢！」就要二八年華的羅莉，正巧送進嘴裡一匙玉米濃

湯，耳朵再聽到何碧蘭這樣說，頓時整個喉頭食道都怪怪了，她出聲抗議何碧蘭做這樣的連結。

「好好好，不說不說，吃飽再叫爸爸告訴妳們，他為什麼不喜歡勾芡料理和濃湯。」

晚餐後，羅莉和羅蔓真的就纏著羅軒疆破解他不喝濃湯的原因。

「現在不在餐桌了，妳們說說，濃湯黏稠那樣子，再加上濃湯料理一些黃的青的綠的食材，像不像腹瀉拉出來的排泄物？」

羅軒疆用詞雖然比何碧蘭文雅一點，還是和排泄物作了連結，即便已經下了餐桌，比較沒有臨場感，但羅莉和羅蔓聽到排泄物三個字，還是作出了皺鼻作嘔的反應。

「厚，爸，你怎麼會這樣連結？」羅莉說。

「不像嗎？」

「差很多好嗎？」羅蔓的說詞。

「小時候我媽忙著做生意，三餐都簡單處理，那時也沒見她煮過任何一種勾芡的湯……」

「這和你說的勾芡湯類和拉稀很像有什麼關係？」羅莉打斷羅軒疆的話，她很怕爸爸細說從頭，扯得太遠。

「因為我沒喝過，不知道有這種湯類。」

「好啦，爸，那和『落屎』啥關係？」羅蔓以臺語直指要害。

「妳們知道我出生那年代，鄉下地方環境衛生比較差，一般人沒像現在這樣特別注意環境衛生。而且那個時候，我阿爸、阿母忙著做生意，也沒特別教導我們要養成好的個人衛生習慣。平常玩耍一雙手總是東拿西拿，玩紙牌、玩玻璃珠、打球、跳繩，都是這一雙手，當看到有東西可以吃的時候，奔上前拿著就吃，既沒先去洗手，也沒想到要吃的水果洗過沒，因此常常連著髒東西或細菌吃下肚，下場就是『食歹腹肚，落屎』。」

「落屎和濃湯有什麼關係？」羅蔓還是要追根究柢。

「妳不覺得落屎那稀稀的大便和濃湯很像？」

「哪會？風馬牛不相及。」羅莉說完扭頭就上樓去，她認為這是爸爸個人的心結，他得自解心結，別人幫不了他。

羅蔓雖是稍微同意羅軒疆的說法，但那純屬爸爸小時候沒養好個人衛生習慣的陰影，干濃湯什麼事？濃湯太無辜了。當然每個人都有個人對食物的愛好，至於爸爸每每看到勾芡湯品，就會和拉稀的排泄物連結一起，以致只要看見餐桌上有勾芡濃湯，他立刻倒盡胃口，完全沒了食慾，這也是爸爸的個人問題。

至於她，羅蔓，對濃湯的接受程度，和泡麵是一樣的，偶爾滿足口腹之慾，便可以了。

也是從那天開始，小昌昌愛上了玉米濃湯，沒事就朝著家裡廚房高喊「意米濃湯」。

「你看小昌昌這小鬼還知道飯菜是從廚房出來的，老是朝廚房喊玉米濃湯。」

「他以為向著廚房大喊玉米濃湯，就真能從廚房端出玉米濃湯啊！」

大頭精靈和小個幽靈面對小昌昌的行為，也花了時間討論。

何碧蘭就是一個把孩子需求放在第一位的媽媽，為了滿足小昌昌特殊的飲食愛好，羅家餐桌上出現玉米濃湯的機率出奇的高，高到羅軒疆看到那黃黃稠稠的湯就大搖其頭，很傷腦筋在：怎麼今天又喝這個湯了？

羅軒疆當然知道太太是為了滿足小昌昌，他不知道的是，何碧蘭跟著小昌昌這樣喝玉米濃湯，竟然也喝上癮，同時也覺得方便好料理，她就樂得做飯時輕鬆一些。

至於羅莉和羅蔓兩姊妹，對於玉米濃湯其實是無可無不可，在她倆眼裡不過是一種湯品，但出現餐桌的次數過多的時候，她們反倒是想念過去何碧蘭用心熬煮的各種湯，鳳梨苦瓜雞的鮮甜讓她們姊妹愛上苦瓜；排骨蓮藕湯、排骨蓮子湯的清爽也令她們難忘；加了鮭魚的豆腐味噌湯她們可以連喝兩碗，總之不能太常依賴快速湯品，不然可能會自廢了一身好功夫，所以這個晚餐桌上她們就聯手向何碧蘭抗議了。

「為什麼一定要滿足小昌昌？媽，你會把小昌昌寵壞啦！」羅莉從寵孩子的角度切入。

「對嘛，妳常煮玉米濃湯給小昌昌吃，他會營養不均衡。」羅蔓說的是營養均衡的問題。

「妳就午餐時煮玉米濃湯好不好，滿足小昌昌一個人，而且妳又不會過累。」羅軒疆藉著女兒們之後陳訴了自己的意見。

「對喔，我怎麼沒想到，午餐煮玉米濃湯，也不用煮這麼大鍋，就我和小昌昌兩個人喝。」

還好這事有提出來，經過這樣溝通，從此羅軒疆的噩夢解除了，羅家晚餐的湯品又恢復以往的水準，羅氏父女三人好不興奮。

其實大頭精靈和小個幽靈也厭倦了玉米濃湯，祂們倆就不懂那黃稠湯裡還雜了些火腿屑和玉米粒，有什麼好喝？若不是還有點兒香氣，那樣子真的和拉稀沒兩樣，難怪羅家爸爸總避得遠遠的。

平日午餐老是看那樣的湯品上桌，祂倆也是千百個不願意哪！

各種營養素都不可缺少這概念何碧蘭當然也知道，她盡量在其他菜色上做彌補，可是餐桌上如果一餐沒看見黃色食材，小昌昌竟就罷吃，不管羅軒疆、何碧蘭夫妻如何耐心勸著進食，他就是不肯張開嘴巴吃一口，夫妻倆也只好舉旗投降，就地取材趕快煮一小碗玉米濃湯給他，那一餐飯才有望好好吃完。

五　愛不釋手黃金果

一〇八年冬季吹起寒風之時，小昌昌兩歲生日過了三個月，對所有一切人事物抱持著高度熱情，什麼都想嘗試，可是有些事又是極具危險性的，不能輕易去嘗試。好比說姊姊文具盒裡的刀片，說什麼也要避免被小昌昌拿到。羅蔓是國一新生，已滿十二歲的年紀，當然知道美工刀片銳利無比，一個不小心，立刻會畫出一道傷口，流血還算事小，萬一畫得深了，就醫縫傷口是免不了的，如果再割得偏了，割破動脈或靜脈，那更是得緊急救護並立即送急診，要不然失血過多可就會一命嗚呼了。

羅蔓聽胡媄媄說過，她大舅媽曾經在某一年的清明節，忙著張羅一大家子的午餐時，剁雞的菜刀準頭沒測好，一刀下去，左手大拇指生生剁開一半，大舅媽因為忙著午餐，再是想之前又不是沒切過手，很鄉愿的只是纏了繃帶應急，想說忙完午餐再仔細擦藥或就醫。哪知那一刀畫開了大拇指的動脈，僅僅纏繃帶根本無濟於事，沒過多久，胡媄媄大舅媽失血過多，昏倒在廚房。

「如果不是我表弟貪吃，想去偷吃什麼的，這才發現我大舅媽昏倒，經他大呼小叫，把家裡的大人都叫到了廚房，大家一看地板上一張臉死白的大舅媽都嚇壞了，大家慌成一團時，幸好我大表哥夠鎮定，趕快打一一九叫救護車，大表嫂則是趕快關瓦斯，不然情況更嚴重。」

胡美美說幸好她大舅媽有救回來，可是從此看見菜刀會發抖，家裡人也不敢再讓大舅媽單獨下廚了。

大人尚且會不當心，何況是兩、三歲的幼兒，何碧蘭曾經說過羅莉小的時候，也屬活潑好動型的小孩，有一回回屏東鄉下阿公家過節，和二伯家的小堂哥一起玩，不知怎麼玩的，拿了小堂哥鉛筆盒的刀片把玩了起來，不小心畫到左手食指，傷口大約半公分，淺淺的傷口汩汩留著血，但這就嚇壞了小小年紀的小堂哥和羅莉，小堂哥沒命的哭喊大人，把每個大人都喊了個遍，而羅莉則是盡其所能的嚎哭，兩個小孩的哭聲嚇壞了所有大人，大人都爭相奔進裡屋。

「羅莉那哭聲真把我嚇壞了，那時我肚子裡還有羅蔓，九個月了，快生了，我真怕一緊張當場生孩子。」

「所以我叫媽媽不要動，坐著就好，我去看情形再告訴她。」

羅莉左手食指是有個疤，痕跡很淡，淡到幾乎看不見，也難怪後來羅莉對於銳利會畫出傷口的物件特別小心，連薄薄的紙張她也都小心翼翼翻，她記憶深刻，柯雪碧翻課本時被書頁割出了一個傷口。

因為媽媽再三叮嚀過，照顧小昌昌時一定要特別留意這隻小雞仔，小雞仔正在活動好奇時期，看到什麼東西都想摸一摸、拿一拿、看一看、玩一玩。

「眼睛都不能離開小昌昌身上，也就是小昌昌不能跑出妳們的視線。」

「知道了啦！」

可是儘管眼睛已經黏在小昌昌身上，姊妹倆也還是有眨眼閃神的時候，更有潑猴一般身手矯健，能以迅雷不及掩耳速度逃離姊姊視線，隨即又滾了回來的小昌昌。這種時候無論是羅莉還是羅蔓，總會擔心那失控的兩秒，小昌昌這隻小鬼做了什麼壞事？

「嘴巴張開，我看看。」這是為了檢查小昌昌有否伺機偷吃了不該吃的東西，比如硬幣、鈕扣等等。小昌昌若是兩片嘴唇抿得死緊不肯張開，那便是明擺著他嘴裡有東西，這時姊姊們必定是強硬敲開他的嘴，然後暫時忘記衛生與清潔，直接伸手進小昌昌嘴巴掏挖一陣，非得取出物件不可。有時忙亂中見小昌昌吞口水嚥下東西，總是先起了一陣心慌，待拿出自己的手，看到手指上的菜屑、餅乾屑、糖粉，知道小昌昌吃的是可食用的食物，雖是放心不少，但也會隨之浮現了掏挖而讓小昌昌因著急而囫圇吞棗以致噎到了的後怕。總得稍過片刻之後，小昌昌又生龍活虎的四處走動，姊妹才能放下心來。

這一天羅蔓顧著小昌昌，又講故事又讀繪本，還疊樂高拼拼圖，羅蔓看小昌昌全神貫注在拼圖，而自己也有點累了，才躺靠枕頭三、兩分鐘，小昌昌就俐落的起身走向羅蔓書桌，伸手就去抓桌上總讓媽媽說是急救包的大鉛筆袋。是那一聲嘩啦啦的筆袋裡面物品掉下來聲響，驚得羅蔓如同被火燒到屁股似的，立即從床上彈起。

「你啊！老是覬覦我的筆袋，想做什麼壞事？」羅蔓說著抓住小昌昌的手，這才發現小昌昌手上握著的是美工刀，趕緊出手要拿下，可是小昌昌又握得死緊，她深怕硬搶反而傷了小昌昌。

當下見姊姊要搶下手中的物件，小昌昌說什麼也不肯鬆手，在兩人一推一拉之間，刀片尖端竟被無意識地推開了一、二厘米，尖尖利器在羅蔓發現時，距離小昌昌的虎口幾乎是貼著的，羅蔓倒抽一口氣，該如何是好？再強拉強扯，小昌昌一定會受傷，就在這須臾片刻間，胡媄媄大舅媽的案例突的躍然腦中，鮮血直流的畫面怵目驚心，緊急送醫搶救輸血的一幕，也叫人心脈怦動，再一次想到該如何是好呢？正躊躇不定難以抉擇時，耳畔彷彿有個聲音響起，「以他最愛的誘惑他」，羅蔓迅即不假思索的說出「酪梨」二字，沒想到酪梨真是好物，立刻轉移了小昌昌的注意力，美工刀片也就鬆脫了手，嘴裡喃喃著：「握梨，吃。」

眼見這千載難逢的好機會，此時不抓緊更待何時。小昌昌喃著他的握梨，羅蔓則是鎖住目標刀片，一個出手抄起，還小心翼翼地避免尖端刺到弟弟，待她收拾好筆袋，回頭再要處理小昌昌時，這隻與生肖不符的小潑猴已走到房門邊，手握著門把，門片已被拉開一道小縫，羅蔓又是一顆心提得老高，只因她的房門一打開，走出去沒幾步就是樓梯，萬一小昌昌滾下樓梯，後果真是不堪設想啊。

「你能不能安靜一下，坐著等我。」羅蔓怒目以對小昌昌，小昌昌倒是神情悠哉，不加理會，一副「皇帝不急，急死太監」模樣，甚至對羅蔓大聲下達命令，「酪梨、酪梨，吃」

「握你，握你啦！」羅蔓索性抱起小昌昌直接下樓去。

說起解除危機的關鍵字「酪梨」，羅蔓其實是信手拈來，但竟成了神來了一筆。在那慌亂時分，不知怎的她腦中瞬間略過，之前自己教小昌昌認識酪梨的畫面，又再加上耳邊風聲相助，歪打正著敲中了小昌昌心意，不是刻意營造，沒有匠氣，自然引發出小昌昌的天性。

小昌昌還在哇啦哇啦說著吃酪梨，羅蔓已抱著他下到一樓，一看爸媽還沒回來，牆上的鐘已過四點三十分。羅蔓思忖著爸媽送阿公和阿嬤到小姑姑家，三點出發，來回一個半小時是足夠了，此刻還沒有回到家，八成又是「長尻川」（形容一個人到別人家做客，聊天過久，忘了要回家。）

羅莉則是高一生，生活可多采多姿了，三不五時就有活動，所以這個週末下午她也不在家。現在羅蔓有點受不了了，一直嚷著吃酪梨的小昌昌讓她煩躁，她把小昌昌放進遊戲床，轉身要去廚房找看看有沒有酪梨，沒想小昌昌死命拉著她的衣袖不放。

「幹什麼？我欠你呀！」

「結節，吃，酪梨。」

「你放手，我才能去找酪梨呀！」這句話真有用，小昌昌毫無掙扎的放了手，羅蔓立時像被囚禁許久的罪犯，好不容易重見天日，不做他想的趕緊進到廚房，開了冰箱先取出一罐黑豆漿，先慰勞慰勞自己要緊。有道是：照顧好自己，才有能力照顧別人。這一直是羅蔓的信念。

「結節，吃握梨。」

客廳裡的小昌昌叫聲不小，羅蔓想起了他的酪梨，可是放眼櫥櫃平常媽媽放酪梨的托盤，空空如也。沒酪梨，這下子如何是好呢？正傷腦筋時，羅蔓瞥見了甘露梨，外型超大的甘露梨，多汁且鮮甜，心下生出一計，就削甘露梨給小昌昌吃吧！

羅蔓削梨時間有多長，遊戲床裡的小昌昌就鬼叫多久，是羅蔓已練就專注一事時，對其他的事能充耳不聞的功夫。倒是大頭精靈和小個幽靈，都覺得小昌昌的鬼叫聲是魔音穿腦，無論對人對鬼都是疲勞轟炸。尤其小個幽靈近期頻頻被送子鳥示意，該去尋一對父母，準備進入輪迴轉世投胎的模式。這讓祂苦惱不已。一則是祂很喜歡羅氏一家人，很想和這一家人一直維持很好的關係，二則是祂和大頭精靈培養出超有默契的互動，但何碧蘭年歲已高，不宜再孕育孩子，羅家姐妹則又太過年輕，自己大概很難一直逃躲，直到她們長大。而且祂也不想和大頭精靈分離，但人類的世界，何處可讓祂倆同時存在呢？

小昌昌吵得小個幽靈冒火，祂失心瘋的的吼了小昌昌一聲。

「鬼叫鬼叫叫個不停，你煩不煩？」

小昌昌沒見過小個幽靈發火，頓時嚇住了。大頭精靈是懂得小個幽靈的心情，但無論人類還是鬼靈，誰又能掌控自己的生死大事呢？人類畏死，祂們幽靈也會怕生啊！

「哎呀！你別跟小昌昌一般見識了，他還是小鬼一個。」大頭精靈勸著小個幽靈，但那「小鬼一個」的用詞倒教小個幽靈噗哧一笑了。

「什麼小鬼？我是小人兒，你們才是鬼。」小昌昌尚未泯滅的靈倏地閃光了，把握時機回了這樣一句。

「呵呵呵……你還沒因為吵著吃，吵到頭昏嘛！」

「呵呵呵……我只是……」

小昌昌和兩隻幽靈對話才要進入高潮，卻因羅蔓端來切得大小不一、歪七扭八的梨子而被中斷。兩隻幽靈眼見多汁梨片擺了整盤，忍不住爭相趴在上頭盡情吸吮。梨汁甜美，真是欲罷不能，但貪是大忌，包含人類與鬼靈，都不應貪求啊！

「你貪心啊！一次塞兩片，不怕噎到。」羅蔓一聲貪，嚇壞了兩隻鬼靈，各自吐了吐舌、縮了縮頸，很快地退到邊上，這才發現羅蔓是在指責小昌昌。

幸好小昌昌也喜歡梨子，忙了半天的羅蔓，這才大大的鬆了一口氣。

但果真好景不常在，沒幾分鐘光景，小昌昌也不過才吃了幾片甘露梨，就已意識到和他喜歡的酪梨，從顏色到甜度到口感都不相同，於是又叫了。

「握梨，吃握梨。」

「嗯，這不就是酪梨。」羅蔓抓著小昌昌的手握住一片甘露梨。

「握梨，小昌昌吃握梨。」

「小昌昌要吃酪梨呀？媽媽晚上弄給你吃。」甫進門的何碧蘭，趕上聽見小昌昌的許願，並也應許了小昌昌的願。

雖然知道在小昌昌眼裡酪梨是他的寶，但兩隻精靈也已經放棄酪梨是能啟動小昌昌魔力的憑藉，大頭精靈很清楚那一回小昌昌扮演了祂和阿疆重逢的媒介，那僅僅只是祂與阿疆再續前緣的依憑，並非小昌昌能施展出魔力，祂和小個幽靈盼著小昌昌能因某個食物啟動魔力，並加以好好運作，怕是要失望了。

臺灣是寶島，物產豐富，要什麼水果有什麼水果，何碧蘭和羅軒疆常說他們小時候水果沒這麼多種類，山竹、火龍果、酪梨沒見過，後來才陸陸續續引進台灣栽種，臺灣原有的水果，品種也沒現在這麼多樣。

「果農都很用心，不斷開發新品種，我小時候哪有黑珍珠。」何碧蘭拿起一顆蓮霧吃了起來。

「我們在臺灣真的很幸福，在我們家更幸福，媽媽每天為了我們的身體健康，殫精竭慮煮高營養的飯菜，還精挑細選了各種當令水果……」羅軒疆說著說著，轉向對著何碧蘭頷首：「謝謝媽媽。」

羅軒疆是領頭羊，羅莉和羅蔓立刻跟著向何碧蘭致意。

「媽媽，妳真偉大，有妳真好。」羅莉靠向何碧蘭身上。

「媽媽，我愛妳。」羅蔓雙手攬在何碧蘭肩頭，很快在何碧蘭右臉頰親了一下，這讓何碧蘭心花怒放，咯咯笑著。

「馬麻我愛妳。」遊戲床裡的小昌昌不甘寂寞，撓著一家人的笑穴，一時間整間屋子都是笑聲。

「媽，這是什麼東西？」羅蔓摸著水果籃裡黃色圓弧型水果大聲問。

「喔，那個喔，黃金果啦！」何碧蘭從廚房探出頭看一眼，這麼回答。

「黃金果，是水果嗎？」

「是水果。」

「能吃了嗎？」

「能吃了，但晚餐後再吃。」

「喔，好。」

黃金果原來是中南美洲亞馬遜流域的熱帶果樹，盛產期是每年的七月到九月，臺灣引進後主要栽種在中部以南的地區。

黃金果表皮金黃而光滑，富含果膠和維生素，具有養顏美容、抗氧化的功效。

那一晚羅家人都是第一次吃黃金果，羅蔓前看後看從那外表，不知從哪裡下手撥開，這時何碧蘭拿著水果來了。

「我用刀子切，你們再用小湯匙挖著吃。」

何碧蘭拿水果刀對切了一顆黃金果，當她再切第二顆時，羅軒疆已動作麻利地把果皮和果肉撥離了，只是黃金果的果肉有黏黏的感覺，羅軒疆實在不喜歡，沒多想就把那果肉丟進一旁小昌昌的碗裡，小昌昌一看有食物來了，見獵心喜，五爪功便就用上，雙手一抓，手掌盡是黏黏的了，也不知他想什麼，竟就左右不停揮動，說時遲那時快，忙著要擠上前來一瞧究竟的兩隻鬼靈，沒心理準備的都被小昌昌揮中，剎那間小個幽靈看不見大頭精靈，大頭精靈也沒了小個幽靈的影像，除了祂們有著失去彼此蹤影的焦慮，連小昌昌也因這突發狀況而慌張，他左右張望並頻頻呼喊：「大頭、小個；大頭、小個……」

明明祂們兩個剛剛趕著上前來，自己只想跟祂們玩玩，把這個黏黏東西抹到祂們身上，怎麼祂們就不見了？小昌昌好慌張，他看著家裡每個人，爸爸、媽媽、大姊、二姊，誰能幫他找找大頭仔和小個兒。

「底迪，你在喊什麼大的、小的？」忙著以湯匙掏挖黃金果肉的羅莉心不在焉聽著問著。

「小昌昌乖，媽媽等等給你大的。」何碧蘭又切了一顆，轉頭一看：「咦？你不是有了？還要大的、小的？」瞬間何碧蘭也明白，是丈夫把有黏性的黃金果果肉，當成燙手山芋丟給小昌昌。

「小昌昌好像是在說大頭、小個，不是大的、小的。」羅蔓雖然忙著吃，還是聽仔細了些，但她說話時口裡含了黃金果肉，家人也沒仔細在聽，便當風一陣的飄過。

羅莉和羅蔓忙著品嚐新水果，這水果暫時說不上來喜不喜歡，不過果肉吃起來Q嫩柔滑，像吃果凍一樣，口感則是綜合了荔枝、柿子和釋迦，滋味還算甘甜。她們兩個姊妹聽從媽媽建議用小湯匙挖著吃，除了覺得嘴唇有些黏黏的，其他就還好了。

小昌昌還在找大頭精靈和小個幽靈，羅軒疆挨著他告訴他：「你這個是大的，你吃，吃完了還想吃，再讓媽媽切給你。」

小昌昌哪聽得下這些，他心慌，他要找他的靈界朋友。

小昌昌一雙手抓抓黃金果果肉，一下子塞在嘴巴吸吮舔食，一下子摸了摸又空中四處亂揮，那兩隻彼此看不見對方的靈類，好在稍具智慧，都以著最笨的方法安定自己，祂們兩隻不約而同地都靠在小昌昌身邊，一左一右宛如左右護法，這時小昌昌揮舞的手再一次揮中祂們，祂們眼前立時為之一亮，又看見彼此了，小昌昌也看見祂們了，一人二靈這下子心放了下來，兩兩相視而笑。

「小昌昌，好了喔，會笑了喔，好吃喔！」何碧蘭看著不停舔著黃金果肉的小昌昌，知道沒事了。

小昌昌天賦異稟，無意間經由黃金果開啟了魔力，原來只要他的手沾了黃金果肉的黏液，摸到了大頭精靈和小個幽靈，祂們兩隻立刻像是罩上鐵布衣、隱形衫，再也無法現身，不但有靈力的人類看不到祂們，就是祂們同屬靈族的族友也見不著，除非小昌昌再手沾黃金果肉黏液，再摸抓祂們一把，祂們才能再現回原來模樣。

「欸，想不到原來小昌昌的魔力之鑰是黃金果肉，我們之前還費了好大的勁在黃色食物裡找。」大頭精靈說。

「我們還要再觀察，看看黃金果是不是真是小昌昌的魔力之鑰，定論別下得太早。」

「你這樣說也對，就像羅蔓做實驗，也得一再的做，才能得到最後結果。」

大頭精靈同意小個幽靈說法，祂們又繼續觀察著小昌昌，每到小昌昌吃黃金果時，祂們兩個很有默契地飄去小昌昌視力所及處，好讓他隨時可觸摸到祂們兩個。

反反覆覆經過幾次之後，祂們十分篤定，小昌昌的魔力之鑰，和解除魔力的鑰匙是同一把，就是黃金果肉的黏液。

「你說我們被小昌昌沾了黃金果肉黏液摸到後，真的就隱形了嗎？」小個幽靈屬於細心一族，凡事都要反覆確認。

「我們不是已經實驗過很多次，每次你都看不到我，我也看不到你。」

「但那只是你和我，是不是別的魔神也會看不見我們？」小個幽靈說這話的同時已經心生一計，祂附在大頭精靈耳畔悄悄說道：「下回小昌昌吃黃金果的時候，我們故意讓他摸到，然後我快快飄去牛老大那裡，看看歪嘴雞和臭頭貓是不是也看不見我們？」

「好耶！」

做過這實驗之後，大頭精靈和小個幽靈確認黃金果是小昌昌魔力的關鍵物，祂們倆心意相通，在於不想離開小昌昌一家，到別處去輪迴轉世，祂們清楚借助小昌昌啟動的魔力，祂們就能避開這些。

人多嘴雜是人世不假的定律，在於鬼靈世界也是一樣，沒有守得住的祕密，所謂祕密，只有爛在自己肚子裡的才是祕密。現如今大頭精靈和小個幽靈已是生命共同體，一體兩面，不分你我，祂倆彼此有了一個共識，那就是對於小昌昌有魔力之鑰這事，一定要噤若寒蟬，祂們才能在該隱身藏匿時得償所願，好避開輪迴投胎之事。

尾聲　超級神奇

前世今生，一世一世走著，不乏一路相伴的朋友，可在過渡的靈界期，有幸和剛剛投胎為人的前靈友相遇，也是一道美麗風景，雖是人與魔神仔，無法光明正大同行同遊。

大頭精靈和小個幽靈在造命符頻頻來催之際，適時地幫羅頌昌找到開啟魔力的靈鑰，只要羅頌昌吃了黃金果，摸了黃金果，那雙沾滿黃金果黏液的手，便是能開啟與靈溝通的魔力。大頭精靈和小個幽靈這下子像吃了大顆定心丸，稍稍放下心來，眼前祂倆能隱匿便隱匿，能避多久就避多久，將來無論如何變化，只要有小昌昌有黃金果，祂倆一定能憑藉這一層特別的連結，茫茫人海中縱是離散也能再相遇。

小阿姨何碧雪結婚數年一直膝下無子，終於也藉助現代醫學進行試管嬰兒計畫，最後順利懷上孩子，在小羅頌昌五歲過後上幼兒園大班時，一胎生下龍鳳胎。羅軒疆和何碧蘭帶小昌昌去向阿姨和姨丈祝賀。那天晚餐水果吃的是黃金果，食指縫裡還殘留一丁點黃金果肉，黏液也還有一點點。

小昌昌從一進到阿姨家，就直盯著那對雙胞姊弟看得目不轉睛，一時興起還大頭、小個的喊著，兩張娃娃床裡的雙胞胎，竟也不約而同轉向他咧嘴笑了，眾人看了咸感奇特，紛紛以表兄弟妹有緣作註解。

小昌昌只是沒告訴在場的大人，這對小表妹小表弟，他可不是今天才認識，他們三個認識得可早囉！

電影《一代宗師》裡宮二爺說：「世間所有的相遇，都是久別重逢。」

後記／與誰久別重逢了？

說來有趣，有時路上走著，迎面而來那人竟有似曾相識之感，忍不住回頭再看一眼，望著那逐漸遠去的背影，也仍有幾分熟悉感。

除此之外，許多人都有一種經驗，那便是去到了某一個地方，或看到了某一個景象，恍然間來過此地身歷此景的感覺直上心頭，但那地那景那些事物明明從來不曾去過見過撫觸過，何以意識中有這樣明晰的一頁？是過去無數次生滅之間深印的痕跡？

許多事說不清，非一非二，更不是一加一等於二這樣簡單的數學題。人間事說簡單卻也繁複，人情事理向來就不能循法條規則，逐一向前推進，但在縱向跳躍與橫向牽攬之中，萬變不離其宗，至純至真至善，便能成就至美。

很難說得清的是，我經常遇見路上走來大人懷抱中的小孩，或推車裡的娃娃，甚至餐館里鄰座的嫩娃，他們主動對我發聲招呼，也有擠眉弄眼一番，更有伸手伸腿靠將過來的。只能說是我頭頂上有小精靈，才會吸引這些小小孩義無反顧地靠上前來。這樣的說法，當然是信者恆信，不信者則是嗤之以鼻。

我與這些稚嫩孩童素昧平生，與他們的父母更是非親非故，但卻莫名地在某一時某一刻某一地牽引了小小一段緣，一段無瑕的美善之緣。

有時回頭去看，這些看似無關緊要的生活事，莫不也是往昔若干世淡淡如水的朋友，再次於這個時空擦身而過，情誼仍然如水淡淡？識與不識，又有什麼關係。人與人之間的識與不識，除了血緣、姻親、同學、朋友等等關聯，難道就再無其他了？

若要細究，會締結出血緣、姻親、同學、朋友等關係，前因為何？深信因果、理解轉世者，必然同意佛道的輪迴之說。但也有人堅信搭上輪迴列車，無論從何時自何處翩然而來，再聚首未必都是美事一樁。有人是追追追，追著幾世追著無數處才追上了，看似深愛，卻愛裡有恨、情中藏仇，搭上時機愛恨情仇隨即化做討債、還債、報仇、報恩，但誰又能篤定知道自己的歸屬是哪一類。

「人世間所有的相遇，都是久別重逢。」《一代宗師》電影裡有這麼一句，既是久別重逢，可不可以只留真存善？那些曾經的誤解、不耐、怨懟、仇視，能不能在一世又一世的輾轉中消弭？

《魔力黃金果》的創作發想，便是植根於美善因緣，希冀藉由人與靈的互動，揭櫫人際間所有關係均可真純，甚至平行世界裡的種種精靈，也能有和平共處、相互珍惜的念想。

年前剛出生的小孫女眼眸晶亮，我們對望時瑩瑩如訴。我深深相信，我們曾經在某一世有過美好互動，所以這一世再遇，不過是久別重逢罷了！

但，我們嬤孫都喜歡，這樣的久別重逢。

少年文學71　PG3133

小鬼靈精

魔力黃金果

作　　者／王力芹
內頁插圖／羅莎
責任編輯／吳霽恆
圖文排版／黃莉珊
封面設計／李孟瑾
出版策劃／秀威少年
製作發行／秀威資訊科技股份有限公司
114 台北市內湖區瑞光路76巷65號1樓
電話：+886-2-2796-3638
傳真：+886-2-2796-1377
服務信箱：service@showwe.com.tw
http://www.showwe.com.tw

郵政劃撥／19563868
戶名：秀威資訊科技股份有限公司
展售門市／國家書店【松江門市】
104 台北市中山區松江路209號1樓
電話：+886-2-2518-0207
傳真：+886-2-2518-0778

網路訂購／秀威網路書店：https://store.showwe.tw
國家網路書店：https://www.govbooks.com.tw
法律顧問／毛國樑　律師

總經銷／聯合發行股份有限公司
231新北市新店區寶橋路235巷6弄6號4F
電話：+886-2-2917-8022
傳真：+886-2-2915-6275

出版日期／2025年4月　BOD一版　**定價**／320元
ISBN／978-626-99019-6-8

秀威少年
SHOWWE YOUNG

國家圖書館出版品預行編目

小鬼靈精 魔力黃金果/王力芹著. -- 一版. -- 臺北市：
秀威少年, 2025.04
面； 公分. -- (小鬼靈精)(少年文學；71)
BOD版
ISBN 978-626-99019-6-8(平裝)

863.596　　114002799